行乞家族

锤子 著

上海文艺出版社

家是你的梦想之地,而不是你可以抵达的地方。

——《奥德赛》

献给自己,得到和失去。

目录

出走
1

异乡
95

殊途
191

归路
267

后记
345

出走

猫狗兄弟

扒车

驯虎

车站

鸭子

复仇

道歉

羚羊

猫狗兄弟

初春刚过，寒冷仍不甘示弱，但它们节节败退，不得不从中午退出，不过早晚还是它们的天下。夜很深了，偶尔几辆喘着粗气的火车匍匐在铁轨上驶过，带起的风让大猫下意识裹紧了衣服。

走在前面的二狗对气温要适应的多，寒冷对他来说不算什么，他不停地踢着石子、快餐盒、易拉罐、牛奶盒等一切出现在脚下的东西。夜模糊了这些事物的本来面目，二狗看不清它们，因此也不认识它们，谁知道踢到了什么，随便吧，这并不影响踢本身的意义。这些被踢飞的东西并不逃避，正面迎击，结果是掉落到另一个地方，二狗坚信，即便它们有避开的机会，也不会做丝毫的努力。

大猫对此节制得多，双手裹紧衣服，进而抱紧自己，缓慢地在两条铁轨间的空地上走着。远方火车的灯光并没有让他闭眼和低头，紧随灯光一起来的，还有几声鸣笛，二狗朝着笛声传来的方向大喊，他似乎赢了，不论在自己还是大猫的耳朵里，他的声音显然超过了笛声，并且时间更长，随着火车临近，铁轨也呜咽起来，大地倒是像个羞涩的少女只懂得轻轻颤抖。二狗的叫喊依然在继续，只是赢的一方不再是自己，大猫只看到他张大了嘴巴，声音被彻底盖住了。

二狗并不在乎输赢，从灯光开始，到鸣笛临近，从第一节车厢到最后一节车厢，每一节路过他的，他都叫喊了一遍，最后他停止叫喊，从地上捡起一块石子，朝远去的火车扔了过去。

大猫已经超过了他，甚至连看都懒得看他一眼，叫喊完毕，二狗跑着追了上来。

"哥，回家吧，饿了。"

大猫没理他。

铁轨在他们面前向前向后延伸至不可见，紧紧钉在大猫二狗生活的镇子一侧，仅有的一条公路几乎并行地从镇子中间穿过。与喧嚣的公路比起来，他们更喜欢铁路的沉静。打小开始，大猫就习惯一个人在这片铁路上游荡，他熟悉这里的每块石子，偶尔有养路工人在这里工作，他认识负责这一段路况的每一个人，每一个人也认识他，仅仅是认识，彼此之间没有谈话，没打过招呼，甚至不知道彼此叫什么。

大猫清楚地记得二狗第一次来铁路的情形。一年多前，夜里他回到家，看见床上坐着一个漂亮女人和一个孩子，漂亮女人见到他立马站了起来，笑着说："这就是大猫吧？"

正在喝酒的父亲眯着眼睛："兔崽子，叫妈。"

大猫没叫。

紧接着父亲的酒杯就冲着头飞了过来，大猫甚至都没意识到发生了什么，就被砸得一屁股坐在了地上。头晕目眩中，他还挨了父亲一脚，漂亮女人急忙挡在了他和父亲中间。不过这个细节他不是很确定，也许挨了父亲不止一脚，漂亮女人什么都没有做。

坐在床上的孩子却看着他笑了起来，大猫一激灵，怒火中烧，站起来揉了揉额头，转身离开了家。

这是大猫第一次在铁路旁过夜，他靠在铁轨旁的石子上，很快就睡着了。

火车从旁边经过的时候，大猫猛然被惊醒了。车厢和他的脑袋近在咫尺，吓得他魂都被火车带走了，脚软到想站都站不起来，他几乎是坐在地上用手撑着用双脚挪到隔离网前，靠着隔离网一夜没睡。

从家里出来的路上，大猫就决心对这个坐在床上不仅看热闹还耻笑自己的孩子一个教训。就在大猫惊魂未定靠在隔离网上的时候，这个孩子找到他，把一只手里剩的半个包子全部塞进嘴里，跑过来把另一只手里提着的塑料袋交到他手里。后来大猫总给二狗说的一句话是："要不是那俩韭菜馅包子，你早晚难逃一打。"

大猫把塑料袋里的两个韭菜馅包子吃完，试着站了起来，还没开口，孩子就问："香不？"大猫的怒火就输给了两个韭菜馅包子和一句"香不"上面。他想了想，问孩子："哪弄的？"

"偷的。"

怒火还没有走远，大猫一脚踹向孩子，孩子居然躲开了，大猫赶紧补一脚，孩子似乎预料到了，撒丫子就跑。

大猫一路追去，他追得越紧，孩子就跑得越快。几百米之后，大猫突然停下，气还没喘匀，就把刚吃下去的包子吐了出来。

孩子看到大猫停下来,自己也停了下来,隔着几米远看着跪在地上干呕的大猫——他已经吐不出来任何东西了,说:"哥,别追了,你追不上俺。"

大猫用手抹了抹嘴边的呕吐物,骂了一句:"谁他娘是你哥!"

"妈说了,以后管他叫爸,管你叫哥。"

那一年,大猫不到十四岁,眼前的这个孩子,刚过十二岁。

大猫就一直坐在自己的呕吐物旁边,不停地对孩子说:"来来,你过来,我不打你。"孩子不听,也不动,一直就站在离他几米远的地方。

事情的转折发生在李富春带着三个小兄弟过来开始,李富春很远看见大猫就喊:"大猫,你坐在那等死呢?"

大猫手撑着地刚想站起来,李富春和三个兄弟就冲他跑了过来,大猫站起来边跑边用手指着孩子说:"打他,打他。"

孩子反应比大猫还快,俯身抓了一把石子也跟着跑了起来,很快就把大猫甩在身后。不出任何意外的,跑在后面的大猫被追上来的李富春一脚踹在大腿上，身体就朝前飞了出去。

四个人把大猫围在中间的时候，几颗石子正朝他们飞过来，李富春还没说完"别让他跑了"，其他三个人已经朝孩子跑了过去。

孩子没有跑，被拽着脖领子来到李富春面前，李富春问大猫："这他娘的谁啊？"

"不认识哩。"

李富春没理他，转问孩子："你，叫啥？"

"不知道。"孩子说。

李富春一巴掌扇在孩子脑袋上："娘的连叫什么都不知道，哪来的？"

"没从哪来。"

"不说是吧，帮着大猫打我。"李富春说着一脚踹在孩子的肚子上，孩子捂着肚子倒在了地上。

"他是我弟。"大猫说。

"你妈在哪你都不知道，还你弟，猫的弟弟，狗啊？"

"他就是我弟，我是他哥，不信你问他。"

"爱谁谁，大猫，之前可给你说了，以后这块地方你少来，见一次打一次，以后再让我见着，连他一块打。"

大猫也是那一天知道了弟弟的名字，叫周乐文。"挺好听哩。"大猫任他捂着肚子躺在地上。"不过不行，你不能叫这个名字，不响亮，人一问我弟叫啥，我叫大猫，你叫周乐文，不合适，你得和我差不多，你以后叫二猫。"孩子捂着肚子，看着大猫自言自语，大猫揉了揉额头："二猫也不行，咱俩不一个爸不一个妈，不是亲生的，猫不行，你不能叫二猫。"大猫叹着气沉思了几秒钟："你叫二狗，我是大猫，我老大，你老二，听着也像一块的。"

"你以后就跟着我混，你妈和我爸一伙，你和我一伙，各玩各的。你还行，跑得挺快，打架吃不了亏。"

"李富春就爱欺负我，习惯了，不爱和他们一般见识，咱俩也不是他们的对手，不过也没事，他们一般不往这儿来，今天是凑巧了。"

"记住，以后再看见他们，没二话，直接跑。"

"以后我走到哪，你跟到哪，别听你妈的，听我的。"

……

二狗这个名字那天起就属于这个孩子，没人再提周乐文。二狗那天捂着肚子听大猫说了一上午，直到他感觉稍微好些了，便从地上坐起来，对大猫说："哥，饿了。"

大猫从小就不知道自己亲生母亲是谁，二狗从没见过自己的亲生父亲。从那天开始，他们形影不离，整个镇子都知道大猫多了一个叫二狗的弟弟。

大家还知道，二狗最擅长的就是逃跑和偷东西，这两者，可以合二为一，本质是一件事不可或缺的两面。大猫和二狗在一起后，几乎所有人也对大猫警惕和疏远起来，每当他们从街上走过，人们不再主动搭理他们，偶尔会相互提醒："小心点。"在此之前可不是这样，人们会和大猫开一些建立在事实基础上的玩笑："大猫，这是回家啊？别回了，恁爸刚把房子输了。"

当然，大猫不在乎人们以前的做法，也不在乎现在。他反对二狗偷东西，却也没那么反对，反正二狗偷来的东西，能吃的照吃，不能吃的想办法换成钱。

时间久了，人们简称他俩是"猫狗兄弟"，也有人直接叫他们"猫狗帮"。

在名字的问题上，大猫最不喜欢"猫狗兄弟"，因为四大天王从不叫自己"四大天王兄弟"，八大金刚也不叫自己"八大金刚兄弟"。他曾想把自己称为"猫狗帮"，但叫什么什么帮的名字太多，"大刀帮""斧头帮"，虽然外人一看就知道是做什么的，但太容易被看透反而没意思。一个团体应该半遮半掩,既像是干这个的,又不太像干这个的,所以他要把"帮"去掉,"猫狗"扩充为"猫猫狗"或者"狗猫猫"或者"猫狗狗"或者"狗狗猫"。

他觉得这四个名字都差不多,只不过他是老大,理应把"猫"放在前面,也正因为自己是老大,自己要占两个字。这个名字不久就被传了出去,人们已经很少叫他们"猫狗帮"了,而是直接说"猫猫狗"。虽然叫"猫狗兄弟"的人仍然很多。

也是从那时开始,大猫和二狗不回家的次数多了起来,他们总能找到过夜的地方,除非是特别冷的时候。就像今天,他们在铁道旁来来回回漫无目的地走,他们等到再晚一些,整个镇子陷入寂静的时候,再准备回家。

"哥,回家吧,饿了。"二狗继续说道。

大猫停下来:"回家也没用,家里没吃的,街上也没东西了。"

"要不直接回去睡觉吧,睡着了就不饿了。"

"能睡着才怪。"大猫继续走。

"可是我今天过生日啊,十六岁生日。"

"放屁,去年你他妈说生日是七月七,就为了让我给你多留俩包子。前年,几号我忘了,大冬天的,你狗日的穿两条秋裤,我呢,光腿。"

没有火车经过,铁道一片沉寂,只有几声狗叫偶尔在黑夜响起。

"狗,狗。"二狗警觉起来。

"别说话,省点力气。"大猫根本不想理他。

"你没听见狗叫吗?"二狗依然激动。

"狗和咱俩一样,晚上不睡觉。"大猫想尽快结束这谈话。

"对,和咱俩一样,都是野狗,野狗没人管。"

大猫没说话。

"没人管就说明咱俩可以随便抓一只回来。"二狗说。

"然后呢?"

"然后吃掉。"

大猫回头看了二狗一眼,又寻声向狗叫的方向望去:"怎么抓?"

"找个绳子,做成套环,往狗脖子上一套,这事就成了。"二狗有点得意。

"然后呢?"

"吃掉。"

"我意思是说,总得剥皮,总得挖出内脏。"

"这有啥难的。"

"你以前做过吗?"

"没做过。"二狗摇摇头。

"心里太没底了。"

"你怕啥,成不成先试试。"

"滚一边儿去,是怕的事儿吗?绳子呢?"大猫朝二狗身上踢了一脚。

"找呗。"二狗低着头俯下身,在地上摸索起来。

"你能看清个鸡毛。"大猫又朝他屁股上踢了一脚,"走。"

二狗和大猫来到一处垃圾堆旁,整条铁道的每一处他俩都再熟悉不过。这处垃圾堆不大不小,有一部分被烧成了黑色,也是他俩干的。对他们来说,这不是什么了不起的事,去年夏天的时候,他们烧掉了这个镇子上最大的垃圾点,烧了多久他们不知道,大猫觉得怎么也得有几个小时,火烧起来的时候俩人才开始害怕,干脆一跑了之。第二天去看的时候,那里已经是漆黑一片。

他们在垃圾堆里找了半天,就找到一根细铁丝,大猫把它拿在手里,做了一个套环,把自己的手套进去,另一只手拉了拉:"不太好用,也没别的了,就它了。"

俩人估摸着方位来到之前狗叫的地方,也是一处垃圾堆,有四条狗正翻着垃圾。

"还好都不是大狗。"二狗说着,其中两条看见大猫和二狗朝它们走来,转身朝远处跑去,其中一条对着他俩不停地叫着。

大猫拿着铁丝套对二狗说:"就这条了,抓住它。"

二狗慢慢靠近那只不停吠叫的狗，他往前走两步，狗就往后退两步，但依然不停地叫着。

大猫悄悄绕在了狗的背后，俩人前后夹击。

二狗见大猫在狗的后面，心中有了数，猛往前几步，刚要伸手去抓，狗转身朝后面跑去，大猫忙拿着套环对准狗的头部，狗往右一闪，朝他身后跑去。

大猫和二狗朝狗跑的方向追去，狗像发疯一样快速跑起来，二狗跑了几步，叫住大猫："算了，根本追不上。"

原路返回，他们发现垃圾堆旁还有一条狗，仍在拿鼻子嗅着垃圾，就像之前所发生的事情和它没关系似的。

"这狗有点意思。"大猫拿着套环。

走近这条狗，狗抬头看了看他们，向边上让出一个位置。

"这狗反应有点迟钝。"二狗慢慢靠近它。

狗也不躲，仍是向边上又靠了一点。

"抓住它。"就在大猫刚刚出口，二狗一个箭步，一把掐住了狗的脖子，狗不叫，也没有挣脱。

"狗有了，接下来咋办？"大猫问。

二狗掂了掂手里的狗："吃啊。"

"你把他塞嘴里试试。"

二狗不明所以。

"傻啊,怎么吃?"

二狗反应过来:"俺没杀过狗。"

"那就是我杀过呗?主意是你出的,你想办法。"

二狗想了想,把狗抱在怀里:"俺去找个地方,偷点工具。"

"然后呢?"大猫有点生气。

"然后炖了,炖狗肉。"

"去哪找工具?"

"包子铺,炉子和锅就在外面,棚子里面肯定少不了刀啊什么的。"

大猫马上急了:"棚子里哪天没人?"

"有人没事,这个点,睡了。"

"抓住咋办?"

"俺去偷,醒不了。"

"你说的?你去。"

二狗没有犹豫:"俺去就俺去,你在这等着。"刚要走,又把手里的狗递给大猫。大猫没接:"算了算了,我和你一块去。"

夜深人静，天气寒冷，连鬼都碰不上。

大猫和二狗来到包子铺前，除了一口架在炉子上的大锅，周围打扫得非常干净。大猫一只手拎了拎锅把，又用双手去拎："沉。"他轻声对二狗说。

"用不着这个。"二狗指了指棚子，示意拿里边的东西。这是用钢管搭起来的简易棚子，周围用塑料布围着，可以不费力直接从下面钻进去。二狗把狗递给大猫，轻声说："俺进去看看。"

大猫接过狗，二狗掀起塑料布探身进去，过了一会儿，从里面拿出一个盆，里面放着盘子、筷子、盐、酱油、醋。

大猫示意二狗把盆放在地上，看了看说："刀呢？"

"俺再进去找找。"

没有想到的是，棚子里的灯突然亮了起来，紧接着二狗从里面探身出来就直接跑了起来："醒了，哥，快跑。"

大猫紧接着跑起来，后面马上传出一个声音："别跑，站住。"

二狗和大猫一前一后头也不回地在黑暗中奔跑起来。当他们停下来朝后看的时候，并没有人追赶的影子。

"别跑了，他没追。"气喘吁吁的大猫对气喘吁吁的二狗说。

"东西呢?"二狗看着大猫手上抱着的那条狗。

"啥东西?"

"偷出来的东西。"

"不是在门口放着吗?"

二狗叹了口气:"哎呀,俺让你跑,没让你不拿东西。"

"咋拿?用脚拿?"大猫把狗塞到二狗怀里。

"你拿不了,提醒俺拿啊。"

"你他妈跑的比狗都快。"大猫说。

"那现在抱着狗有啥用,你咋不把狗丢了呢?"

"少废话,抱回去,先抱回去。"大猫说。

扒车

大猫和二狗躲在自己家墙根下,朝窗户里看。

"别看了,啥也看不见。"大猫靠着墙根,坐在地上。

"咋不开灯呢?"二狗不甘心,仍朝里看,希望能看见什么,除了一阵阵的呻吟声,什么都看不见。

"你妈真能叫。"大猫说。

二狗没说话,还是希望自己能看见点什么。

"你说这狗咋不叫啊,是不是哑巴,哑狗。"大猫刚说完,狗"汪"的一声,把二狗吓得从窗前退了下来,紧接着又是连续的"汪、汪"。

"谁?"里面传出大猫父亲的声音。

大猫二狗起身离开,窗内的声音并没有停止。

大猫和二狗抱着狗在街上游荡。估摸着时间差不多，俩人悄悄潜回家。"家里没东西吃。"大猫从另一间房子进来。

"饿着吧。"二狗抱着狗上下前后左右看，"你看这儿。"大猫看到狗的右后腿有一处大大的伤口，腿上的毛已经被伤口流出的血黏在一起，黑乎乎的，伤口处还没有结痂，已经化了脓。二狗把狗从怀里放下来，狗一瘸一拐地走了两步就停了下来。

"头上也有伤。"二狗过去扶住狗的头仔细看，"还好，伤口不大。"

站了一会儿后，狗摇着尾巴趴在了地上，他们看到，狗的肚子上也有一块不大不小的伤口，和腿上一样，伤口也已经变得黑乎乎的。

"怪不得它不跑呢。"二狗说。

"全身都是伤，怪可怜的。"

"放了吧。"二狗说。

"出去肯定还是被其他狗欺负。"

"啥意思？养着？"

"也不是不行。"

他们把狗有伤的地方用清水洗了洗，找了两块布，把腿和肚子包了起来。整个过程中，狗叫都没叫一声。

没人知道家里多了条狗，多数的时候，大猫和二狗总是在父母起床之前离开，睡着了才回来，即便发现家里多了条狗，也不会有人在意。

除了对着火车大喊大叫，二狗最爱做的一件事情，就是等火车开过来，自己手拿一个塑料袋灌满火车驶过带起的气流，手轻轻一松，塑料袋就随着气流飞起来，飘摇不定。

"多少年了，幼稚。"

嘴上这么说，大猫其实很喜欢这个游戏。

不过今天大猫没有和二狗一起，他把狗举起来，像二狗拿着塑料袋一般，当二狗松手让塑料袋飞起来的时候，大猫轻轻把狗向上一抛，塑料袋时快时慢毫无规律地旋转，狗重新回到大猫的手中。

火车驶过之后，李富春就出现在了眼前，二狗惊讶之余说："哪冒出来的？"

跑是来不及了，李富春迈了几个大步就穿过铁轨来到了他们面前，看了看大猫手里的狗："哟，猫猫狗养狗了。"

大猫给二狗使了个眼色，示意他先跑，二狗摇摇头。

李富春对身边的兄弟说:"把狗弄过来。"

"一条破狗,弄这玩意儿干嘛。"身边的兄弟说。

"解气。"

听李富春这么一说,大猫转身要跑,李富春和兄弟几步就抓了回来。"大猫,狗给我,你们走。"

二狗回来冲着李富春说:"你就是把俺俩打了,狗也不给你。"

"行,那我今天就打你们一顿。"

塑料袋早已不知去向,大猫二狗都明白,一只塑料袋能飞多远呢,火车一过,它就会落下来。可他们从来不关心它会在什么时候在哪里落下来。

大猫二狗从地上爬起来,灰头土脸。二狗的脸已经肿了起来,嘴角还有血,大猫的衣服被扯坏。俩人拍了拍身上的土,二狗把身边的狗抱起来,向家的方向走去。

没有任何意外,父亲和其他两个人在家门口打麻将。其中一个人不停抱怨:"时间咋这么久,三个人打没意思,上张太快。"看到大猫二狗回来,随即说:"回回如此,算了算了不打了,恁家猫猫狗狗回来了。"

父亲回过头看了俩人一眼:"又他妈挨打。"接着回头看牌:"继续,继续。"

大猫二狗没理他们,随即就要进家。父亲赶忙说:"哎哎哎,别进去。"

他们就在门前站着,直到一个男人从里面走出来,紧接着母亲也跟了出来,走到父亲身边,将手里的二百块钱递给他,接着亲了他一口。

父亲接过钱,一把推开她,冲她摆了摆手:"走开走开。"又冲着大猫二狗喊:"恁俩也给我滚。"

大猫二狗二话没说,抱着狗就走。

父亲头也没抬:"上梁不正下梁歪。"

俩人在街上晃荡了半天,无处可去,又来到铁路上,二狗警惕地看了看周围:"哥,李富春他们走了。"

"他们要天天在这铁路上待着,我就不来了。"

"这么多年,咱咋还怕他们啊。"

大猫狐疑地看了看二狗,点点头:"嗯。"

他们从一列挡在面前的货车下爬过,刚要起身,火车启动的声音传遍所有车厢,俩人急忙爬出来,就看到了李富春。

大猫和二狗相互看了一眼,还没等李富春说话,就跑了起来。

　　李富春四个人在后面奋力追，大猫来不及反应，把怀里的狗朝他们扔过去，正好打在其中一个人身上。大猫头也不回地喊："咬他。"

　　四个人并没有因此停下，大猫看着缓缓开动的火车，瞄准火车车厢上的梯子，奋力一跃，爬上了梯子。朝着二狗喊："跳，跳上来。"

驯虎

大猫二狗一前一后吃力地爬到火车车厢上,大猫向下一看,车厢里面除了两块被篷布盖着的东西之外什么都没有。大猫定了定神,跳了下去,车厢发出"嘭"的一声闷响,大猫脸上露出痛苦的表情,紧接着一块篷布下面发出一声动物的吼叫。大猫望着声音发出的地方,眼神露出恐惧。二狗的头出现在车厢上方。

和大猫一样,二狗朝车厢四处看,对着下面喊:"哥。"

大猫抬头,紧张地看着二狗,向他招手示意他下来,嘴里小声说着:"快下来,快下来。"

二狗小心翼翼地扒着车厢,身体下放,脚在车厢内蹬来蹬去找落脚地,发现没有,脚吃不住力,"啊"的一声,脚一松,就剩两只手扒在车厢上。

二狗回头向下看，大猫不住冲他打手势，"快下来。"他狠了狠心，一闭眼，松了手，一屁股坐在车厢上，同样发出"嘭"的一声闷响，二狗脸上同样露出痛苦的表情，动物的吼叫声接着响起，伴随有撞击笼子的声音。

二狗吃惊地看了看声音发出的方向，是一块篷布底下的东西发出的，他看了看大猫。大猫脸上的表情同样复杂。

"哥，那是啥啊？"二狗的声音有些颤抖。

大猫冲他做了一个"嘘"的手势，用力起身，一步一挪地走近那块篷布。

"哥。"二狗也不知道应该怎么办。

大猫喘着粗气，举起手快速地扯开篷布，一只老虎的脸出现在眼前，同时发出一声吼叫。声音并不大，却足以把大猫吓得一屁股坐到车厢的地板上。

二狗看到这幅情况也呆住了，他用似有似无的声音喊着："哥。"

老虎在笼子中晃动身体，眼睛盯着大猫，大猫坐着的身体向后不断移动，然后瞬间起身跑到角落里瘫坐在二狗旁边。两个人的身体马上相互靠近。

二狗的声音更加颤抖，手不断往大猫身上抓："哥，哥，咋办啊，哥……"

大猫同样心里没底，他抓住二狗的手："急个毛，你没看它在笼子里关着呢吗？"

"万一跑出来呢？"

"不能吧？不能。"

老虎还是围着笼子乱转，虽然并没有发出任何声音，大猫二狗丝毫不敢乱动一下。

"车里咋能有这么个玩意儿呢？"大猫自言自语。

"哥，要不咱跑吧。"二狗说。

"往哪跑，咱在火车上。"

"跳车，跳车跑。"

"摔死你狗日的。"

二狗看了看大猫，没再说话。眼睛盯着老虎丝毫不敢离开，老虎看了看他们，趴了下来。

"哥，趴下了，趴下了。"

"咱俩别动啊，不动就没事。"

二狗颤抖着松了口气，眼睛盯着老虎："噢。"

只有火车行驶的声音。

沉默了好久，二狗说："哥，要不咱给它盖上呗。"

大猫睁大眼睛白了他一眼，摇摇头。

"可这样看着俺害怕啊。"

大猫还是维持原状的摇头。

"哥,你看那是啥啊?"顺着二狗手指的方向,另一篷布下也有东西在动。

大猫顺着手指方向看,继续摇头。

"哥,要不你去看看呗。"

大猫继续摇头。

"哥,要不俺去看看呗。"

大猫看了他一眼,点点头。

二狗颤颤巍巍起身,颤颤巍巍朝篷布走去。刚走两步,篷布猛然被掀开,一张脏兮兮的脸出现在二狗面前,二狗瞬间退回原来的位置:"哥,这个没笼子。"

笼中老虎突然起身,发出一声吼叫,三个人都吓坏了。不过很快,老虎又重新趴到地上。

"这个没事,是个人。"大猫二狗看着脏兮兮的脸,靠着车厢壁缓缓朝他俩移动。

但是紧张并没有消失,大猫和二狗从没见过真正的老虎,对他们来说,真实的老虎要大得多,也更加凶猛,并对那只看上去脆弱不堪的笼子能否阻挡这只大物表示怀疑。

只是他俩都没说。

脏兮兮的脸来到他俩身边的时候，他们只是本能地看了他一眼，并未做过多的关注。

"嗨，哥们，认识这个东西吗？"大猫明显是在问脏兮兮的脸，但目光并未离开老虎。

没有回答。

二狗脑袋一闪，一把搂住脏兮兮的脸："小兄弟，恁俩不是一起的对吧？"

没有回答。

"你有点呆。"二狗对他说。

还是没有回答。

大猫把食指放在嘴上做了一个"嘘"的手势："别出声。"

二狗的目光重新回到老虎身上，所幸的是，它不再盯着他们看；不幸的是，时间并未持续多久，它的目光又回到三人身上。在目光保持不动的情况下，它慢慢趴了下来。

夜，开始降临了。几点星光在天空抽去蓝色的时候一目了然，巨大的静止画面下，清晰移动的飞机没办法鱼目混珠。

趴在笼子里的老虎若隐若现，不成为让大猫放松的理由，相反，他因为无法仔细看清而加倍不安。

"哥，飞机。"二狗刚抬起手指向天空，被大猫一手打下，他极力压低声音："飞你娘，小点声。"

黑夜变得异常缓慢。脏兮兮的脸抬头看着移动的飞机，目不转睛。

"哥，俺冷。"二狗似乎忘了把搭在脏兮兮脸上的手拿开。

"二狗，它是不是睡着了？"

"它晚上不睡觉。"脏兮兮的脸突然说话了。

二狗本能地搂紧了脏兮兮的脸："你确定？"

大猫也回过头来看着他，脏兮兮躲开他的目光，很坚定地点了点头。

无尽的黑夜。

老虎再没发出任何声响。不知道过了多久，大猫的腿都麻了，他双手揉着腿，嘴里发出"啊啊"的声响。"哥，要不你去把笼子盖上吧，一直看着太难受了。"二狗也不由自主揉起了双腿。

"别乱动,这样挺好。"大猫伸直了腿。

"你去,你和它熟。"二狗对脏兮兮的脸说。

脏兮兮的脸摇头。

"算了,俺去。"二狗刚刚站起来,大猫马上说:"坐下。"

二狗没有坐下,也没有动,硬硬地站在那里。大猫看着他,过了大约一分钟,二狗抬起一只脚,"砰"地一声跺在车厢上,大猫瞪大了眼睛:"狗日的。"

三个人集体注视着笼子,没有任何响动。

"睡着了。"二狗很自信,同时看了一眼大猫和脏兮兮的脸。

"别乱动。"大猫站起来。

"嘘。"二狗还给大猫一个不要出声的手势,蹑手蹑脚朝笼子走去。

大猫一把拉住他:"想死啊?"

二狗摇摇头,把他的手拿掉:"没事,胆子这么小。"

他一直朝前走,走到篷布跟前,拉起篷布的一个角往上扯,扯到胸前的时候,笼子里发出一声碰撞。二狗立马放下篷布,几步就跑了回来。

脏兮兮的脸突然笑起来，二狗惊魂未定，眼睛直勾勾地看着笼子："笑个屁。"

几个人全都老实了，老实回到原来的位置，尽量不动，不发出任何声音。

老虎也没有发出任何声音，火车颠簸在铁轨上。大猫抬头看着天，天上的星星一直在动，又好像一直没动。

脏兮兮的脸靠在二狗身上睡着了，二狗也睡着了。

二狗被摇晃醒的时候，火车停了下来，大猫拍了拍他的脸："到站了，快走。"

天依然是黑的，二狗站起来，把靠在他身上脏兮兮的脸惊醒，他没注意到这些，揉了揉眼睛："终于到了，走。"

"跟俺们一块走吧？"二狗对脏兮兮的脸说。

| 车站 |

　　这是一个小车站,货车停靠的地方离车站不超过四百米。下车之后,几个人长舒了一口气,借着车站的灯光,三个人都能看清月台上挂着的巨大钟表,六点刚过。但他们的注意力都没有在上面停留。

　　"该州。"二狗盯着站牌说:"该州是哪啊?"

　　"反正不是东北,东北冷。"大猫想了想继续说,"下雪。"

　　"那肯定也不是上海,上海热,全是夏天。"

　　大猫瞪了一眼二狗,同意地点点头。

　　这才仔细看了看脏兮兮的脸。看起来年龄比二狗还要小,个头比二狗要低一头,但要胖得多。目光即将和大猫相遇的时候,他又刻意避开,低下头。

"别怕,你多大?"大猫问。

"十六。"

"不信,你看着小得多。"二狗走在前面。

"这么小就出来要饭啊?"大猫一把搂住他。

"我不是要饭的。"他依旧低着头,被大猫裹挟着向前走。

"谁信。"

脏兮兮的脸没说话,大猫把搂在他肩膀上的手收回来,把二狗叫到跟前,小声说:"你看他走路的样子。"

"像只鸭子。"

"你叫什么名字?"二狗对着前面脏兮兮的脸说。

"鸭子。"

大猫和二狗同时笑起来:"真叫鸭子……真叫鸭子。"

"我说鸭子,你扒火车干啥?"

"回家。"鸭子停住脚步,"我们去哪啊?"

"往前走就行,离车站越远越好。"

"鸭子,你有家啊,你家在哪?"

"湖南。"

"老乡老乡。"大猫重新把他搂住。

"你俩也是湖南的?"

"河南。"

"那不是老乡。"

"湖南河南是一家,哪,湖南哪?"大猫接着问。

"马庄。"

"你看,我说老乡吧。"大猫猛地拍了一下鸭子肩膀:"我,他,我俩,驻马店。"

"不是老乡。"鸭子无可奈何。

"都有马,差不多。"

"不对,你不是回家吗,跟着俺俩干啥?"二狗问。

"不是你俩叫我下车的吗?"鸭子小声说。

二狗拉住大猫,轻声说:"你说,他这里是不是有问题?"说着指了指自己脑袋。

往前走了差不多三百米,经过一排屋子的时候,二狗突然说:"有东西,有东西。"小屋没有门窗,应该是废弃很久了。天快亮了,能够看到其中一间,里面有一张木板床,床上只有几张硬纸板。还没等大猫说进去看看,鸭子和二狗已经走了进去。二狗摸了摸床,说:"热的,包子。"

鸭子也摸到了,大猫走到跟前,三人一句话没说,很快就只剩下空空的袋子。他们饿坏了。

没来得及回味，屋子进来一个人，走到大猫跟前，比大猫还要高出半头，却要瘦得多，看起来年龄倒是差不多。三个人回神的功夫，那人看到了地上的塑料袋："你们把我包子吃了？""谁看见了？"二狗强词夺理。

那人二话没说，抱住二狗伸出一只脚就把他绊倒在地，大猫冲上去用同样的方法抱住他，二人一齐倒地，二狗马上摁住那人，那人反抗，三个人扭打在一起。

此时的鸭子早躲在一旁，那人不是大猫二狗对手，被二狗压在地上起不来，嘴里喊着："这屋子是我先占下的。"

"你说是你的就是你的？告诉你，从现在开始，这间屋子是俺们的。"二狗喘着粗气。

"有种让我起来。"

大猫放开他，示意二狗也放开他："让他起来。"

二狗刚刚从他身上起来，他站起来又一把抱住二狗，把他摔倒在地。大猫马上抱住他，三个人又重新倒地厮打在一起。

大猫二狗重新占了上风，二狗一边打一边说："老子连老虎都没怕过，还怕你。"

大猫掐住那人的脖子："服不服？"

"快说，服不服？"二狗帮腔。

"不……不服……咋地？"那人被掐着脖子，说话的声音都变了。

"不服是吧？"二狗一拳打在那人的胸口上，"不服是吧？"一拳接一拳。

"快说，服不服？"大猫又问。

"服了，服了。"

"服了没？服了没？"二狗没有停下来的意思。

"服了，服了。"

大猫松开掐住他脖子的手，自言自语："还想欺负我。"

二狗紧接着一只手替代大猫掐住他："以后这屋子归俺们了，知道不？"

"归你们，都归你们。"

"这还差不多。"二狗从他身上站起来，不忘踢他一脚。

"行了，快走吧，以后这地方别来了。"大猫说。

那人慢慢起来，慢慢走出屋子，走到门口的时候，突然扭头对着大猫二狗喊："给我等着！"然后就跑了出去。

没有了包子，屋子变得比刚才看起来简单了，除了一张铺满了纸板的木板床，什么都没有。三人顾不上打量这间屋子，即便没有什么可打量的。二狗也仅仅是对着鸭子说了一句"你刚才咋不帮忙啊"，之后就躺到床上睡着了。

醒来的时候已经是中午了。大猫把其他二人叫醒，发现这个车站异常简单，小屋的不远处就能够看到车站，屋子后面的不远处是一台巨大的吊车。出于好奇，他们朝吊车方向走去的时候才发现路途没有想象的近，路上，二狗仍然对鸭子不依不饶："你是不是真傻，和谁一伙的不明白吗？打架不帮忙，看戏啊？"

鸭子低着头，走在后面。

"不说话就有理了？想和俺俩在一块，必须学会打架。"

大猫插话："一看就知道，胆小。"

"胆小办不成事，你还是回家吧。"二狗说。

"办啥事？回啥家？多个人好办事。"大猫有点生气。

二狗不甘心："你到底为啥跟着俺俩啊？"

"我也说不上来。"

"别问了，问了也白问。"

三人走近吊车的时候，才发现这是一座露天货场。他们绕过外墙，来到大门前朝里看，里面停着一排排的火车,三人刚想往里走,就被门口的人叫住:"你们三个,出去。"

三人各绕着货场走了一圈,才发现货场一共两个门,一个门是让火车开进来的,一个门是让火车开出去的,二狗看了看大门:"晚上来。"

三人回到屋子的时候,看到床上又多了两袋包子,没人觉得奇怪,吃到一半,昨天被打的人走进了屋子。二狗放下手里的包子,做出预备打架的姿势:"你还敢来?"

"包子是我送给你们的。"那人说。

"送给我们?真好心。"大猫白了他一眼。

"你们是新来的吧?我以前没见过你们。"那人说。

"是又怎么样,反正现在你的地盘归俺们了。"二狗说。

"让我加入你们,这一片我全熟,知道哪能弄到东西吃,要饭嘛,就得团结在一起才有得吃。"那人说。

"你他妈才是要饭的,你是要饭的,俺们不是,快走,小心俺打你。"二狗拿起包子继续吃。

"我本来就是。"

"那是你的事,俺们不是,吃了你的包子,有机会还你，快走吧，这间屋子现在是俺们的。"

那人走后，大猫看了看其他两个人："其实咱们挺像要饭的。"

大猫二狗鸭子三个人躺在床上，大猫问鸭子："你一个人出来多久了。"

"没几天。"鸭子说。

"你不是故意跑出来的吧？"二狗说。

"不是。"鸭子摇摇头，尽管没人看见，他马上又点点头，"是。"

"是，还是不是？"

"也是，也不是。"鸭子回答。

"我就知道问不出来啥。"大猫说。

"那就不问了，出去转转。"二狗起身。

太阳正在落山。

一列火车横在屋子前面，能够清楚看到里面的乘客。没几分钟，火车开动，二狗站在火车旁边，没有叫喊，也不想去找塑料袋。

他们穿过铁轨来到对面，一个草垛旁边，墙明显地被人开了一个洞，即便在他们的屋子里看过来，也能够看得清楚。他们穿过墙洞后，是一个高二三十米的缓坡，顺着缓坡走下来，就来到了路上。路不算宽也不算窄，但感觉经常没人走，顺着路往前走几百米，就进入一条大路，不时有车辆驶过，路边开满了各种商店、旅馆、饭馆。

他们发现，小路和大路汇合处的旁边，就是火车站的广场，他们索性就在广场上游荡。广场很小，主体建筑候车室外，写着大大的站名。二狗左右张望的时候，就看到了和他们打架的那个人。

"哥，你看。"

大猫顺着二狗手指的方向看去，那个人正坐在候车室外面的台阶上,车站人来人往,偶尔有人给他前面扔点钱。

"我说他咋有钱买包子呢,走,过去看看。"

那人看见他们,招呼他们坐,二狗的语气也缓和了很多:"你就是拿这钱买的包子?"

"这点钱够干嘛使的,我不是来这要饭的,他们乐意给,我也没办法。"那人不屑。

看着那人面前散落着几块钱,大猫说:"你应该找个碗,要不就画个圈。"

"我不是要饭的。"那人有点不耐烦,"我挣钱不靠这个。"

"要饭的不要饭干啥。"二狗轻蔑地说。

"你们让我加入,我告诉你。"

"你不说钱哪来的,俺们凭啥让你加入。"二狗一脸不乐意。

"那不行,万一我告诉你们了,你们再把我一脚踹开,没这么便宜的事儿。"

"起来起来。"不知什么时候,四个人后面站了一个警察,四个人站起来,警察对那人说:"羚羊,可以啊,才来多长时间，就有同伙了。"

那人没接警察的话，反问道："我又没进候车室，凭啥赶我？"

"台阶上不行，广场上也不行，快点，别让我看见你们。"

另一个警察从里面走出来："哟，怎么多出了几个？"

"这可得管，乞丐越来越多，容易出事。"之前的警察说。

"知道了，交给我处理，你先回家。"另一个警察说。

"交给你了。"之前的警察看了他们四个一眼，走的时候还不忘说："快点走，以后别来了。"

只剩下后面出来的警察，他看了看他们四个人，问和大猫打架的那个人："羚羊，朋友越来越多了？"

"原来你叫羚羊啊？"二狗说。

"怎么？你们不认识？"警察问。

"刚认识，刚认识。"羚羊说。

"刚认识？知道他们叫什么名字吗？"警察问羚羊。

"还没来得及问呢。"羚羊说。

"我帮你问。"警察指了指大猫，"你叫什么？"

大猫说了自己的名字，紧接着又是二狗、鸭子。

"猫啊狗啊鸭子羚羊，行，倒像是一家人。"警察继续问大猫，"你们三个认识吗？"

大猫点点头。

"从哪来的？"警察问。

"北边。"大猫说。

"东南西北都分不清，河南在东边。"警察说。

"咦。你咋知道俺俩是河南的呢？"二狗问。

"废话，一口河南话能是哪的，河南哪个地方的？"

"驻马店。"二狗说。

"行，好地方，我去过你们那，可乐是绿色的。"

"不是绿色的吗？"二狗反问。

"行了行了。"警察打断他，然后对羚羊说，"巴山刚才说了，不准你们进候车室，广场也不能待，你们想在这个车站待，最好听他的。"

"以前只是说不能进候车室，没说广场也不能待。"羚羊说。

"现在他改变主意了，说广场不能待就不能待，不过晚上的时候可以，巴山是白班，我是夜班，我值班的时候，你们只要不进入候车室就行。不过巴山在的时候，你们最好不要出现。"

"那行。"羚羊很高兴。

"羚羊,你看着比他们大,别带坏他们。"警察说。

"不会。"羚羊保证。

"别偷东西啊。"警察说。

"不偷。"

四个人同声说。

警察回到候车室,羚羊示意他们离开这个地方。大猫三个人跟着羚羊,顺着他们来的那条路穿过墙洞回到铁路上,从墙洞钻出来之后,羚羊用旁边的草垛把墙洞挡了起来。

"你为啥叫羚羊?"二狗问。

"跑得快。"

"比我还快?"二狗不服。

"比比?"羚羊看着二狗。

"比就比。"二狗说。

"输了咋整?"羚羊问。

"你不是想加入俺们吗?你赢了就能加入。"二狗说。

"行,从这跑到屋子门口,我说一二三开始跑。"羚羊做出跑步的姿势。

"等会儿,要是你输了咋办?"二狗问。

"我输不了。"羚羊说。

"不行,得先说好,你输了咋办?"二狗说。

"告诉你们挣钱的办法。"羚羊说。

"行,跑吧。"

羚羊告诉他们,赶他们的警察叫巴山,应该叫凶巴巴山,每次见他都没好脸。给他们说话的警察叫马田,对他还不错,偶尔还给他东西吃。

"我也觉得马田挺好的。"大猫说。

"所以咱们再去车站,晚上去。"

晚上,羚羊带他们来到货运站。并不是他输了,他顺利加入了大猫他们,既然加入了,就要告诉他们挣钱的办法。

羚羊告诉他们,这里的人都把这儿叫货场。货场的大门已经关闭,对他们来说却不是问题,大门距离铁轨有半米高的空隙,他们可以从下面轻松地爬进来。夜晚的货场空无一人,羚羊还是让他们跟紧自己:"被警察抓住就惨了。"

羚羊带他们几乎查看了每一个车厢,大多数的车厢都上着锁。羚羊手里拿着一根指头粗细的铁棍,把铁棍穿进锁环,用力一别,锁就打开了。他们连着开了三个车厢,里面都是一些蔬菜,鸭子每次都想去拿,都被羚羊喊住:"拿这些没用,我们没法吃。"

二狗的兴致很高,让羚羊把铁棍给他,由他来开锁。羚羊把铁棍给他,告诉他:"别开这个,这个没意思,跟我来。"

他们跟着羚羊来到货场边上的一排房屋,只有两间亮着灯。羚羊一再提醒大家小心,亮灯的就是公安值班室。

在一排房屋的后边,是一个仓库。二狗直接用铁棍撬开锁,羚羊将门推开一个口,几个人进去,发现仓库里是一堆堆铁块,有大有小,大猫试着搬了一下,很沉。

"铁?"大猫问。

"面包铁。"羚羊轻声说,"老值钱了。"

"这玩意儿能值多少钱?"二狗也搬了一下,觉得吃力。

"几十块。"羚羊又伸出一个手指放在二狗眼前,"一个。"

"这么值钱?"鸭子说。

"一人一个，搬。"

他们每个人搬了一块往外走。从大门钻出来的时候，大猫才松了一口气。羚羊让他们不要停，几个人一直走到货场旁边的草丛边上。羚羊把铁块放下，看了看位置，拨开掩盖在上面的草，露出一个洞，里面还有两块和他们搬的一模一样的铁块。

"放进去。"

待把铁块放进去，羚羊把草重新盖在上面，坐到旁边说："这玩意儿专门有人收，明天卖两块，吃肉。"

"这么值钱的东西，为啥不搬到屋子里？"二狗问。

"你懂个屁，狡兔三窟。"羚羊说。

"其他两个窟呢？"大猫问。

"一个就是屋子啊。"羚羊说。

"屋子里也有？俺咋没发现？"二狗说。

"屋子里没有，但是算一窟。"羚羊说。

"还有一窟呢？"大猫接着问。

"比喻，比喻懂不？"

他们回到屋子的时候已经是后半夜了，鸭子二狗大猫倒头就睡了起来。中途大猫被冻醒，看到羚羊身上穿着一件军大衣,看上去还挺新,大猫把羚羊叫醒:"哪来的?"

羚羊让他小点声,自己轻声告诉他:"这是第三窟。"

大猫才不管窟不窟的问题,让羚羊把大衣脱下来,横着盖在几个人身上。

大猫二狗鸭子醒来的时候,羚羊已经不见了。再见到羚羊的时候,他手里提着三袋包子,还有一只烧鸡。

"好吃。"对待吃的问题,二狗永远比任何人积极。

"全卖了?"大猫试探性地问。

羚羊伸出两个手指头:"两块,两块够用好几天的。"

"咋不全卖了,下饭店。"二狗说。

"你不懂,太容易出事。"羚羊说。

"是不是犯法?"大猫问。

羚羊没接话:"快吃。"

鸭子

饭后羚羊大猫懒得出门，躺在床上舔牙缝。二狗带着鸭子顺着铁路游荡，二狗依然习惯性地踢着脚下的每一个东西，鸭子低着头跟在他后面。

屋子后面，这里没有栅栏之类的任何阻挡，仍然是一个陡坡，下面长满了杂草。他们小心翼翼地滑下陡坡，发现杂草下面，是一片死水，在上面不太容易发现，水上漂满了绿油油的水藻，几乎看不到水。二狗捡了一根树枝搅动那些水藻，要费很大力才能搅动。

他们沿着水泊向前走，斜坡的坡度越来越小，最后几乎和旁边的杂草平行。围着水泊绕了一圈，来到他们之前看到的水塔底下。

水塔的木门残破不堪，油漆大部分掉光了，露出朽掉的木头,也没有上锁,用力一推就推开了一条缝,再使劲就推不动了。"呆逼,帮忙啊。"两个人合力用脚踹开,半张门都掉了下来。

他们走进去,地上落了一层厚厚的灰尘,除了两台已经废旧生锈的不知道是干什么用的机器,什么都没有。二狗顺着同样生锈的楼梯往上爬,鸭子停在楼梯边,没有再动。

"呆逼,咋不动弹了,走啊。"

鸭子抬头看了他一眼,马上又收回目光,低着头:"不安全。"

"咦,看你那熊样,胆子咋这么小。"二狗说着站在楼梯上使劲跺了几下,"咋不安全,结实着呢。"

鸭子稍微抬头,左右为难。

"俺就不信治不了你。"二狗下来,一把拉住鸭子,"俺走前面,你跟着俺。"

楼梯尽头同样被一扇门挡住了。不同的是,这扇门上了锁。他们紧紧抓住楼梯的扶手,尽量让自己的身体维持平衡,把门踹开。外面是一个小平台,有梯子可以爬到水塔顶端,从这里向外望去,可以看到车站的全貌,甚至周围视野内的一切都可以看到。

鸭子一反常态地高兴极了，二狗不屑地看着他："刚才还不敢上来，害怕，不安全。"二狗学他的样子，鸭子收起笑容，重新低下头。

"说你两句还不爱听了，行啦，给你闹着玩呢。"

他们顺着梯子爬到水塔顶端，扶着栏杆向下望，他们看到他们住的那排房子就像火柴盒那么大。他们还把水塔上面的盖子打开，里面黑漆漆的，还有一些水，但是不多，他们捡了块石头扔进去，马上就听到了石头碰触底部发出的声音，里面几乎没什么水了。

抬头望去，飞蛾大小的飞机从云层钻出，笔直的烟雾证明它的经过。

"有啥好看的。"虽然这么说，二狗还是和鸭子一样，转着身体盯着飞机移动，头抬得脖子都酸了，直到飞机离开视线。二狗在一屁股坐到地上："有啥好看的？"

鸭子没回话，依然仰头望。

"别看了，飞远了。"

二狗见鸭子不回应，起身推了他一下："还看，还看。"说着巴掌轻轻扇过鸭子头顶。

鸭子躲闪之余，仍旧凝视。

"坐过没？"二狗心不在焉。

鸭子摇了摇高仰的头。

"来,哥帮你把它打下来。"二狗解开裤子,尿液喷射而出。他用力扶着,屁股顶着朝天空使劲,他举得越高,淋回到他身上的尿液就越多。

他们几乎整个下午都在水塔上待着,直到天黑。上面的感受和下面完全不同,他们也喜欢就这么待着。他们打算把这个地方当做自己的秘密,不告诉任何人。

鸭子说他特别喜欢这个地方。

在水塔上,鸭子断断续续给二狗讲了自己的故事。

鸭子小时候就生了一场大病,关于二狗开他脑子有问题的玩笑竟成了事实:鸭子从四五岁就被别人拐了出来,有些细节他还有印象。

鸭子的家在湖南马庄,家里除了父母没有任何亲人。出生起就跟着父母在工地生活的他,对这个村子没有任何印象,父母都是工地上的泥瓦工,一个工地做完再到另一个工地,母亲怀他的时候在工地,生下他就是另一个工地旁边的医院里。母亲生下他的第二天就回到了工地,床上躺了三天,就干起了给工友做饭的工作。

工地和家乡比起来,前者更让他觉得亲切,但为什么亲切，他甚至说不出来任何的细节。也许是母亲用布袋背着他做饭的时候，锅里的味道潜藏在内心；也许机器和杂乱的声音早就植入在他的脑海；也许是试图攀爬脚手架的欲望仍挥之不去。这些可能真实存在过的场景，在他记忆里反复虚构为真实。

但他明白，那不是属于自己的真实。

他甚至对那天发生的事情都记忆模糊，虚实之间，就是他能提供的故事的全部。

父母再也不会时时刻刻看着他，工地在他们眼中是最可信任也是最为安全的世界。工地上的每个人都认识他，甚至眼前这个陌生的女人也假装认识他。她来到他面前，告诉他工地对面那条街上有人踩高跷，并朝他手里塞了一辆玩具小汽车，鸭子就被女人手牵手领走了。

女人带着他在一个旅馆住了两天，这两天里，鸭子曾经吵闹着见爸爸妈妈，女人很耐心地告诉他："明天，明天坐火车带你去找爸爸妈妈。"

鸭子意识到一种恐惧，但是又无法确定，他选择了相信，直到上了火车，鸭子兴奋地盯着窗外的风景，所有的一切都在他的脑海中烟消云散了。

鸭子永远记得，火车开动的时候，站台上的人们朝后远去，他觉得好玩极了，想要努力打开窗户，女人就请旁边的人帮忙把窗户开大一点。他努力伸着头向远去的人们看去，但眼睛又舍不得正在眼前即将远去的人，他的眼睛在眼前的人群和向后退去的人群间不断转换，他觉得自己的眼睛都不够用了。为了把头伸得更往外一些，看得更远一些，他跪在座位上，头努力向外伸。

　　他还感觉到，女人一直拉着他的双腿，害怕他从窗户上掉出去，这让他有了极大的安全感，头一直往外伸着，直到窗外的风景变成千篇一律的麦田，他仍然觉得不够满足。车窗外的风太大了，让他的脑袋隐隐作痛。他忍受着疼痛，也要把这些风景看在眼里。

　　那是他第一次坐火车。

　　下了火车之后，车站涌出的人流让他不知所措，他放声大哭了起来，女人劝不住，只好将他抱在怀里。他知道女人抱着很费劲，他感受到了女人嘴里不断呼出的急促气体。

　　女人将他交到一个矮个子男人手中，从口袋掏出一把糖，放了几颗在他手里，剩下的，就全部塞进了他的口袋里。

这并没有阻止他的哭声,女人告诉他:"叔叔带你找妈妈,你要再哭不听话,叔叔不但会打你,还会把你卖了。"

他停止了哭声,变成上气不接下气的抽噎,他有点害怕眼前这个男人,女人离开后,男人转身到了旁边的汽车站,上了一辆汽车。

他不再发出任何声音,眼睛盯着窗外。比起火车,他对汽车外的风景没有任何兴趣,但又禁不住朝外看。

车行驶了很长时间,到达的时候,已经是晚上。他有些困了,从车上下来的瞬间,一股冷风让他清醒了起来,男人带他走进候车室,很快,就来了一男一女两个人,男人戴着一副眼镜,女人掀开羽绒服上的帽子,就将自己抱在了怀里。

这个男人,就是他以后的爸爸,而女人,就是妈妈。

回去的路上,他趴在女人怀里睡着了,隐约能够听见他们的谈话声,他有点害怕,却又不那么害怕。

家里有很多的玩具,各种各样的玩具。开始的时候,他从未出过门,男人白天出门,晚上回家,就从包里掏出一件玩具,几乎每天都是这样。

他有一个新的名字:卫军。

他知道自己所处的位置是一个叫做江夏的地方，这个地方在福建。他不知道江夏在哪，也不知道福建在哪。

他也习惯了叫男人爸爸，叫女人妈妈。

直到有一天，男人下班回家，带回来的不是玩具，而是一个书包，书包里有几本书，一个铅笔盒，铅笔盒里有笔、铅笔刀、橡皮。

女人问他："愿不愿意去上学？"

他回答："愿意。"

但他并没有去学校，一天晚上，他突然醒来，呕吐声惊醒了旁边的女人，他们连夜带他去医院。附带的额外诊断结果是产前损害带来的智力低下，虽然只是轻微的，但他仍在医院待了大半年，身体一天天胖起来。

他曾上过三个月的学，那是出院后的第二年。同学欺负和嘲笑他，老师讲的一切都浑然不懂，他变得越来越不爱说话，索性就在家待着。

第二次坐火车，是他回到那个所谓的"家"。他不清楚是什么原因，旁边坐着的，是一个警察。

他永远忘不掉再次见到亲生父母的样子。警察在门口喊"李四光"，那个被称作母亲的女人从屋子跑出来，即便和他比起来，她依然身材矮小，她整了整凌乱的头发，在围裙上擦了擦手，抑制着眼眶里的泪，笑着让警察进屋。

"屋里太暗，就在这吧。"

登记手续的时候，母亲的眼睛不时在他身上游移，既想盯着他，又有些逃避。他则绕过母亲，看着倚在门框上的和自己差不多的那个孩子。

李四光是父亲的名字，被拐走之前，他的名字是李文龙，现在，李文龙是靠着门框的那个孩子的名字。

他不见之后，工友帮他们象征性找了两天，随后才到派出所报案。中途他们几次到派出所询问情况，警察告诉他们每年失踪儿童被找回的几率只有 0.1% 左右，另外建议他们到户口所在地派出所备案。他们没这么做，直到他们第三年去到另一个工地，现在的李文龙出生了，在给现在的李文龙上户口的时候，他们向警察说起了之前丢的那个孩子。

李文龙十一岁的时候，李四光在工地上负责切断模板与混凝土连接的钢筋。被切开的模板用铁索绑到吊车上，吊离的过程中突然倒下来，长六米高两米重达两吨的模板硬生生砸在李四光腿上，一阵说不出的剧痛让他意识模糊，在工友不断聚集的过程中，他昏了过去。

双腿截肢的手术需要十五万，工地只赔了两万。母亲带着李文龙到工地上闹，没人敢为他们说话，也没人敢理他们。他们拿出了打工的全部积蓄，东拼西凑了手术费，之后每天固定的任务，就是到工地上要钱。

闹了三个月，一分多余的钱都没要到。气急败坏的母亲拉走了工地上的推车，没人拦他们。

李四光的半个躯体盛在推车里，推车停在嘈杂的工地上。工人们见他绕着走，有人看不下去，让他们找工头说好话，打听出老板在哪里。

好话说了，工头也答应他们给他们出头，叫他们先回家，他们不听。第三天，工地上来了警察，将他们塞进一辆桑塔纳，车开了一夜，将他们送回家。

"屁的警察，全是装的，假的。"母亲将柴扔进火灶，见他面无表情，尴尬地笑笑，"都回来了，还说这些干啥。"

两个月的时间，他天黑了就睡觉，天亮就起床，饭点吃饭，大量时间待在院子里。他害怕那间屋子，害怕那间屋子床上躺着的半个躯体。事实是，他没走近过床一步。

现在的李文龙叫过他一声哥,他没答应,李文龙也没指望他答应。李文龙在村子里有一些朋友,经常不回家。

母亲开始还给他说一些家里的事,时间长了,也就什么都不说了。他没把她当做母亲,她也没把他当成儿子,就是两个有血缘关系的陌生人,在一座屋檐下各做各的事情,各想各的心事。他甚至不知道她的名字。

他不喜欢这里的生活,这个家让他拘谨。李文龙不在家的时候,他的拘谨缓和一分,母亲下地的时候,他的拘谨缓和一分,可那张床上,有他永远无法缓和的拘谨。

"文龙。"每当李文龙不在家,母亲就这样叫他,李文龙在家的时候,她叫他"文龙他哥。"他是李文龙,也不是;他是自己的儿子,也不是。

"文龙,听刘警察说那家人对你挺好的。"这是她第一次问他之前的日子。

他低着头,不知道作何回答。

"文龙,你看这个家,你不喜欢吧?"

他本能抬了下头,依旧没说话。从他的反应里,她确认自己是对的。

"让他回去,别跟在这受罪。"平日里不太说话的那半具躯体突然说道。

"我和你爹商量过了,等几天,雨停了,让文龙送你回福建。"

没等到文龙回来,大水就淹了村子,那是在隔壁的大海刚刚进门之后发生的事情。大海和李四光曾在一个工地上打过工,论起来,俩人还是隔着几辈的亲戚。大海刚进门就说:"嫂子,快带着大哥和大侄跑。"

大海帮着母亲把半个躯体装在缸里推出屋子,水就没过了脚面。

"快,推车。"就在母亲指使大海把推车推过来的时候,水就到了膝盖。

"来不及了,树,爬树。"大海指着院子角落的那棵樟树,拉着孩子刚走到树前,母亲喊起来:"大海。"

水已经到达大腿,"嫂子,来不及了……"话没说完,他看着死抓着树向上爬的鸭子,突然明白他不会爬树。"会不会游泳?"他朝鸭子大喊,鸭子张着惊恐的眼睛摇头,他"啊"了一声,托住鸭子的屁股向上举:"使劲。"

刚刚被托起的鸭子被暗流一冲,掉回水里,他扑腾着站起来,又倒下,大海一把将他捞起,对他大声喊:"抱着树。"说完就游向了他的母亲。

缸早就被水没过,在母亲腰间打转,她依旧想把缸从水中拉出来,大海拦住他:"来不及了,上树。"她不肯,大海无奈,一把抱住她,将她往树边拽。她用力的挣扎变为哭喊,化作乞求:"救救他,大海,救救他……"

大海没听见一般,继续抱着她。再看树边,早就没了鸭子的踪影,恍惚的功夫,母亲从大海怀里挣脱,向缸的位置游去,大海刚拉住她的手,被她一把甩开。大海怒叹一声,急忙望树边游去,等他从水里把鸭子捞起来的时候,他的脚已经够不着地了。

他让鸭子死抱住树,借着浮力把他向上举,可就是使不上力。鸭子定在那里一动一动,只要他稍一松手,鸭子就会掉进水里。

他让鸭子松开树,抱住自己,俩人借着水力浮着,回头看,母亲早不见了影子。大海已经顾不上了,也没有任何办法做出更多选择,大海把鸭子背在身后,终于借着浮力抓住树的分叉。大海继续等着,水位上升一点,他就抓着树权向上一点。终于,俩人能够踩在分开的树权上,他让鸭子抱紧树权,自己试着跳回水里。他摸到了那口缸,但缸里空空如也。

一天两夜之后，水退去了。三间屋子其中一间的两面墙倒了，院子里一片狼藉，没有人的踪影，大海跳到地上，腿一软就倒了下来。鸭子望着他抽搐的后背，心里的难受说不出来，仍旧紧紧抱着树。

他跟着大海在村里唯一的二层小楼——村长家喝了粥就靠着墙睡着了，醒来的时候，他躺在大海家的床上——一块木板。

"醒了吃饭。"

他看见桌子上还带着泥。

"镇上给每家补了五百块钱，我先拿着。这段时间跟着我住，你家别回了，等排除危房再回去。"

大海白天出去给村里修房，他这一住就是一个月。

一个月后，他回到自己家房子，大海劝他："爹妈走了，你兄弟俩倒是命大，一个爬树上没淹死，一个早就跑城里去了，以后有事找叔。"

说是叔，不如说是当起了爹。大海发现他饿了也不知道弄东西吃，每天就在床上躺着啥也不干，大海每天送吃的过来，走的时候总是叹气："唉，凑合活吧。"

"鸭子"这个名字就是那时大海叫下的，大海没事就念叨,"亲兄弟,长得一点都不像,自己的名字都不记得,让水吓傻了。""猫啊狗啊都有个名字,一个大活人,连个名字都没得。""总得有名字嘛,不想说我就给你起一个。"

虽然总是念叨,大海也从未像自己说得那样给他起一个名字,也不过是看他走路的样子逗他,"小鸭子,过来过来,过来嘛。""小鸭子,起床喽。""滚回家,鸭子。"

……

时间久了,俩人都习惯了。

入冬的时候,李文龙回来了。他先去村长家吵着要赔钱,村长好话说尽不管用,最后让村里人赶了出来。他回到家吃了两口剩饭,给鸭子说:"哥,咱爹妈不能白死,村里得赔钱,明天起,你去村长家要。"

鸭子还是一句话没说。第二天一早,李文龙就离开了村子。走之前,他再三叮嘱鸭子:"哥,要钱的事儿别耽搁了。"

鸭子和大海过了一个暗无天日的春节——就像水灾之后他们的日子一样,大海喝多了,从椅子上摔下来,嘴里骂骂咧咧:"老马屁,不知道扶老子起来。"

鸭子没理他,自顾自吃东西,吃饱了就回家睡觉去了。

十五过后,他问大海怎么能进城,大海奇怪:"搞么子?"

"找李文龙。"

大海给他找了一辆进城的车:"人要是不回来就带个话回来。"

鸭子没找李文龙,也没给大海带话。他找到火车站,想找去福建的车,大海给他的钱不够买票,他连车站都进不去。偶然一次他跟着检票队伍莫名其妙来到月台上了车,中途查票又被赶下了车。

他顺着铁道走,看着铁轨上停靠的货车,他不由自主的,试着爬了上去。

> **复仇**

"加入了我们,你以后也是猫猫狗的一员了。"躺在木板床上的大猫对羚羊说。

"猫猫狗?啥意思?"羚羊问。

"俺们帮派的名字。猫就是我,狗就是二狗。"

"仨人也叫帮派,真嘚瑟。"羚羊满脸鄙视。

"仨人咋了,仨人你也打不过。"

"我那是不乐意嘞你俩,当年我在帮派的时候,你俩这样的,我一个人收拾七八个。"

"别在这吹牛逼了,你这样的,就仗着个子吓唬人,你知道你这样的我们那叫啥吗?"

"叫啥啊?"

"傻大个子。"

"滚一边去,个子高手长脚长,打架有优势。"

"打不过跑倒是有优势。"

"哎,你啥意思,我跟你扯帮派你跟我扯啥玩意儿呢。"

"我不跟你扯着呢吗?"

"当年我们帮派,名字老牛逼了。"

"啥名啊?"

"血色九王。"

"太土了,九个人就叫九王? 全是王?"大猫满不在乎。

"你懂啥,名字不霸气,吓不到人。"

"霸气有啥用,打不过还是打不过。"

羚羊没吱声,大猫接着说:"其他八个人呢?"

"散了。"羚羊说。

"为啥?"

"没有为啥,散了就是散了。"羚羊有点不耐烦。

"咱俩谁大。"大猫换了一个话题。

"你多大?"

"十九,快二十了。"大猫故意把自己说大一岁。

"差不多。"羚羊说,他们不知道,羚羊也把自己说大了一岁。

"差不多是差多少?"大猫追问。

"几个月吧。"

"你几月的?"

"一月。"羚羊说。

"我比你大,我二月。"

羚羊没接话,问大猫:"你家河南的?"

"昂。"

"驻马店?"

"昂。"

"都有啥啊?"

"啥也没有,没意思。"大猫反问,"你呢?你哪的?"

"东北。"

"哎呀,天天下雪的地方啊。"

"还行。"

"在哪要饭不好,非得到该州来。"

"啥,说啥?"

"你跑这么远,还怪大胆的。"

"不是,你刚才说啥,该州?"

"昂。"

"你笑死我得了,那个字不念该啊,骇,骇州。"

"骇,明明念该啊。"

"该鸡毛啊该,骇,就念骇。"

"骇州,中,骇州。"

"你仨为啥到陕西这破地方来了?"

"这是陕西啊?我就觉得是陕西,车站有卖肉夹馍的。"

"行,这都知道,这地方不行,要饭不好要。"

大猫坐起来:"给你说了,我们不是要饭的,是从家里跑出来的。"

"有啥区别,谁不是从家里跑出来的,到了这,不是要饭的也早晚变成要饭的。"羚羊说。

"羚羊,那是你,你愿意当要饭你当,我和二狗不当。"大猫又躺下。

"一看就啥都不懂,你们以后跟着我混,保证你们比要饭爽。"羚羊说。

大猫又坐起来:"是你跟着我混,是你要加入我们,你打不过我们,我们人比你多。"

"你他妈别以为我真打不过你,你们一个个上,肯定不是我对手。"

大猫一把揪住羚羊的脖领子，羚羊一巴掌打开，立即从床上跳了起来："想打架是不？"

"想挨揍就早说。"大猫也从床上站起来。

"操你妈，吃着老子的，加入你们是老子的缓兵之计。"说着就一脚朝大猫踹过去。

大猫身体一闪，双手抱着羚羊踢过来的脚就往后跩。羚羊单腿往前跳了几步，还没站稳，大猫就冲了过来，两人打在一起。

两人在地上翻滚的时候，二狗和鸭子刚刚回来。鸭子看到屋内打架不敢进屋，二狗冲过去把压在大猫身上的羚羊拉开："你干啥？"

"你哥要打我。"羚羊说。

"你就是欠。"大猫朝羚羊冲过来。

羚羊躲在二狗身后："看见没，看见没，他非要打我。"

大猫左踢一脚右踢一脚，羚羊在二狗身后左闪一下右闪一下，大猫不耐烦，一把把二狗拽开："你到底帮谁呢？"羚羊趁机跑出屋子，一辆火车正从旁边经过，羚羊一把拉住鸭子，朝火车拽，鸭子吓得大叫。

鸭子的脸几乎贴在火车上的时候，突然跌倒在路边的石子上,火车就在他脸前呼啸而过。火车过后,大猫和二狗赶紧过来扶他,鸭子"哇"的一声,就哭了起来。

二狗使劲拉鸭子起来,死活拉不动,二狗摸了摸鸭子的裤裆:

"尿了。"

后来羚羊乘乱从墙洞里跑出去的时候,发现后面没人追来。他惊慌失措在街上转了一圈,又回到墙洞边。从墙洞里向屋子里看,里面黑漆漆的,他慢慢爬进墙洞,没有直接朝屋子走去,而是绕了一圈,从另一边慢慢贴近屋子,从窗户往里偷偷看。鸭子大猫二狗坐在床上,三个人一言不发。

道歉

第二天,大猫二狗鸭子在床上躺着,远远就听见有人唱歌的声音:

你要拉我的手

我要亲你的口

拉手手呀么亲口口

咱们俩个圪崂崂里走

……

声音越来越近,越来越清晰。大猫从床上坐起来,看见一个六十岁左右模样的巡路工人站在屋子门口朝里看了看。巡路工看了他一眼,言语中带着喜悦:"成了老窝了,好啊好啊。"嘴里念念叨叨转身就离开了。

大猫起身站在门口看,巡路工人拿着锤子不断俯身敲击铁轨,继续唱着:

拉住你的巧手手

亲了你的小口口

拉手手亲口口

圪崂里盛不够

妹妹你呀不害羞

……

起床的二狗也来到屋外,看见大猫:"哥,你干啥呢?谁啊?"

"没事。"大猫又回到屋子。

"我想好了,咱去把羚羊藏的那些东西拿来卖了,他差点害死鸭子,不能便宜了他。"二狗说。

"要去你去,他的东西我不稀罕。"大猫躺到床上。

"这么值钱的东西,不要白不要,你不去我带鸭子去。"二狗说。

"要去你一个人去,别带鸭子。"

二狗刚走出屋子没多远,就碰到了羚羊。二狗气不打一处来:"你还敢来?"伸手就要打。

羚羊伸出两个手掌:"先别动手,我是来赔礼道歉的。"

"赔个屁的礼,道个屁的歉。"二狗一拳朝羚羊打过去。

羚羊闪开二狗的拳头,伸手摸出自己裤兜的钱:"所有的钱,都给你,所有的铁,都给你们。"

二狗一把夺过羚羊手里的钱,边数边说:"本来就是俺们的。"

"二狗,回去跟你哥说说,我真不是故意的。再说,要不是他先动手,我也不至于狗急跳墙。"

"要说你自己去说,我不替你说。"二狗把钱放进自己裤兜。

"我哪敢啊,他万一还动手,我打不过他。"羚羊说。

"那我不管,你活该,鸭子都吓尿裤子了。"二狗说。

"二狗,我带你把那些面包铁卖了,卖掉的钱都给你。"

"拿到钱再说。"

铁王坐在自己的废品收购站里笑着说:"你小子,早这么做多好,每次一两块,每次一两块,都不够油钱。"

铁王是羚羊给起的外号。虽然不止是废品收购站,其他买卖面包铁的人也不少,但羚羊都不认识,他只认识铁王。用铁王的话说就是"找我就对了"。

铁王确实很让羚羊省事,羚羊每次去找他,他都开着

出走

自己的三轮摩托车把羚羊带到藏面包铁很近的地方,然后熄火,点一根烟,对羚羊说:"放心,我不看,快去快回。"

他就背对着羚羊。羚羊观察过,铁王说到做到,说不回头看,绝不回头看。羚羊把铁搬出来,放在铁王的三轮车上,铁王给钱,跨上三轮车冲羚羊摆摆手,一场交易就完成了。

现在,羚羊和二狗坐在铁王的三轮车上,还是停到原来的地点,羚羊从后面拍拍铁王的肩膀:"往前开点,开到地方。"

就在藏铁块的洞前,羚羊掀开盖在上面的杂草。铁王说:"你小子以后不打算做我的生意了?连藏东西的地方都给我看了?"

"不碍事,下次换个地方。"

二狗把二百三十块钱交到大猫手中,大猫数了数:"哪弄的?"

"你进来。"二狗冲着外面喊。

羚羊从外面走进来,鸭子马上退到了墙角,大猫起身就朝羚羊冲过去,一脚刚好揣在羚羊大腿上,羚羊没有闪躲。二狗马上拦住了大猫:"哥,羚羊把所有的钱都给咱了,所有卖铁的钱也都给咱了,他是来道歉的。"大猫发恨地点了点头:"道歉?好,让他先给鸭子道歉。"

"对不起。"羚羊向鸭子鞠了一躬,"我不是故意的,当时一着急,根本没想到……"鸭子看着羚羊,眼里流露出好奇。

"没想到是吧?"大猫一巴掌扇过去,"没想到是吧?"接着就是又一巴掌。羚羊没有还手,站在原地对大猫说:"那能全怪我吗?是你先动的手,挨打的也是我。"

"我你妈先动的手?"大猫还想继续打,被二狗拦住。大猫继续说:"你再说一遍谁先动的手?"

"我先动的手,我先动的手行了吧,不就是因为一个帮派的名字吗,我以后就跟着你们,帮派就叫猫猫狗。"羚羊说。

"哥,羚羊既然道歉了,鸭子也没事,这事过去了就算了,他以后听你的不就完了。"二狗把大猫推坐到床上。

"他不用听我的,以后他爱干嘛干嘛,跟我没关系。"大猫说。"你们没吃饭吧?我去弄。"羚羊说着拽了拽二狗。

"二狗,你哥生我气我能明白,但他不明白,我和你们在一起,对你们只有好处没有坏处。"羚羊和二狗坐在铁道旁边的土坡上，正好能够看到货场里面。他们等待天再黑一些。"他现在不明白，等咱带回去东西的时候，就明白了。"二狗说。

"二狗，你应该比你哥懂事，像咱这种人，人越多越好，人多了外人就不敢欺负。"

"我明白，人多力量大。"

"二狗，你和你哥为什么从家里跑出来？"羚羊转移开话题。

"我哥跟你说俺俩从家里跑出来的？"

羚羊点点头。

"在家和在外面没区别，也不想在家待，想出来就出来了。"二狗轻描淡写。

"没了？"羚羊说。

"没了。"

"鸭子呢？"羚羊又问。

"他啊，他不是和俺们一块的，俺们是来时的货车上碰见的。你肯定不相信，他和一只老虎在一起。"

"老虎？扯。"

"就知道你不信，俺要不是亲眼看到俺也不信。那老虎就被关在笼子里，吓得俺们一晚上不敢睡觉。"

"净扯犊子。"

"真的。"

"关在笼子里有啥害怕的。"

"你没见说着轻松,你要是在,说不定更害怕。"

"你们也不知道鸭子从哪来的?"羚羊问。

"俺哥不知道,俺知道。"

"哪来的?"

"鸭子从小就有病,还被人拐卖过,后来家里发大水,爹妈全死了,就跑了出来。想回拐他的家,那个呆逼,根本找不到路。"

"我看他傻了吧唧的。"

"嗯。"二狗点点头又随即指了指自己脑袋,"有问题,娘胎里带的。"

"我就说咋那样式的呢,不过也正常。"羚羊不以为然,"我们之前有一个一起的,也是这种情况,非要回收养他的家。"

"也是傻子?"

"不是傻子,正常人。"

"后来回去了没?"二狗问。

"回去了,后来还给我写过信呢。后来我也学他,偷了家里点钱,也跑了。"

"你有家啊?你不是要饭的啊?"二狗问。

"废话,你生下来就要饭啊?"

羚羊

羚羊本命郭泓民，在东北沈阳的一座工业区长大。

父亲人称老五，全厂的人没有不认识他的。全厂男人打女人的事情不少见，可天天打女人，羚羊的父亲是唯一一个。

从羚羊记事起，父亲只要晚上在家，母亲就带着他出来，在路上一直走到深夜。估摸父亲差不多喝多睡了，才敢回家。即使这样，也免不了经常挨父亲的打，父亲找不到酒，抓住母亲就是一顿打，羚羊也逃脱不了。羚羊不到五岁，母亲就带着羚羊改嫁了。

羚羊就是那时和母亲疏远起来的。母亲的心思全在那个陌生男人身上，一年后，他们有了自己的孩子，对羚羊更是不管不顾。那时的羚羊,天天跟在一帮小混混身后,母亲少有的管教根本无济于事,在工厂当保安的继父更是懒得管他。

直到他十岁那年,已经是当地有名的小混混了。有一次,他跟着所谓的"大哥"们上街打架,还没来得及出手,两边的人就都开始跑,他不知道发生了什么,也跟着跑,一口气跑回家。从继父和母亲的聊天中得知,一个学生被打成重伤,生命垂危。他吓得躲在被窝里睡不着。

羚羊学校都不去了,整天待在家里。一天,母亲带着妹妹回娘家,家里只剩他和继父,继父突然问他:"打人的事情,你有参与吧?"

羚羊恐惧到极致,一句话不敢说。

"主犯叫陈玉龙,外号陈三对吧?"

羚羊感觉后背都在冒汗。

"事情比想象的复杂,陈玉龙是有案底的人。被打的人,很有可能救不回来。一旦死了,性质就变了,就不是持械伤人,而是殴打致死,到时候,牵扯的人就多了。"

羚羊的眼泪开始往下掉。

继父走到他身边,两只手搭在他的肩膀上:"这里面有你。"

羚羊差点瘫倒在地上，继父一把搂住他，让他坐在沙发上："你动手了吧？"

"我没动手，我离得远，都不知道发生了啥。我看到别人都开始跑，我也跑，我都没见过那个人的样子。"羚羊是喘了好几口气，才硬撑着把话说完。

"真没动手？"继父搂紧他。

"没动。"

"陈三是你大哥吧？"

羚羊想了想，点了点头。

"你俩认识多长时间了？"

"不到一年。"

"陈三三年前被抓过一次，故意伤人，关了半年。这次抓的不止他一个，所有参与打架的人。为这事，工厂保卫处都要协查。陈三是没戏了，进去就出不来了，所有的同伙，没几年出不来。"

羚羊的身体开始颤抖，他强忍着，用极小的声音说："我没打。"

继父把耳朵贴在他的嘴边："你说啥，我没听清？"

"我没打。"

羚羊重复了一遍。继父用手扳过他的脸，两手贴在他脸上,鼻子贴在了他鼻子上,轻声对他说:"你说你没打,谁信?"

羚羊想努力把自己的脸挪开,但是继父的手很有力,脸就被固定在那里。羚羊只能将自己的目光从继父脸上移开。

"你不想坐牢对吧?"

羚羊能够感受到继父呼出的每一口气。

羚羊点点头。

"你不用太紧张,这件事说大也大,说小也小。"继父放开他的脸。

羚羊不知道该说什么,该问什么。

"来,过来,离我近一点。"继父一只手搭在羚羊的腿上,轻轻地来回抚摸。

羚羊感觉到一些不舒服。

"过来,离我这么远我怎么告诉你解决办法?"

羚羊已经不知道如何离他再近一些了。

"腿放上来。"继父拍了拍自己的大腿,一手搂住羚羊,另一只手将羚羊的腿抬起放在自己腿上。羚羊想要挣脱,继父的两只手都搂得很紧,靠近羚羊的耳边:"你们这种事我见多了,在你们眼里是天大的事,在我这就不是啥事。有我在，别紧张。"

羚羊强迫自己缓和下来，继父就这样抱着他。过了几分钟，继父又说："还有什么没对我说的？"

羚羊摇摇头："没有了。"

"想不想让我帮你解决这件事情？"继父的手在他大腿上抚摸。

羚羊点点头。

"只要按我说的做，这件事就没人找你。"继父的手继续上移，落在羚羊的裤裆上，羚羊试着摆脱那只手。

"别乱动，听我的。"

羚羊注视着那只放在裤裆上面的手，那只手快速滑进他的裤裆里面，羚羊的那东西感受到了那只手，正在轻轻地捏着它。羚羊想把那只手拽出来，继父的手用了用力，把嘴朝他嘴上贴去。羚羊闪了一下，继父顺势抱住了他，羚羊能听见他鼻子里发出的哼哼声。

羚羊用力挣脱，想要站起来，继父的手仍旧搂得很紧，他越是努力挣脱，继父的动作就越强烈，他越是全身用力，捏在裤裆上的那只手也越用力。他挣脱了几次，他感受到了继父的舌头正在撬开他的嘴唇，羚羊用尽全身力气，把自己从继父身上甩出来。

继父把跌倒在地上的羚羊压在身下,身体重新贴上来:"小犊子,挺厉害啊。"羚羊两腿乱踢,突然继父发出了一声尖叫并随即倒在了地上。

羚羊大概知道是自己的膝盖起了作用,他马上爬起来,朝门口跑了出去。

"操你妈的,看我不整死你。"

羚羊一口气跑到最好的朋友家里,自从母亲带他改嫁之后,俩人就一起跟着别人在外面混,羚羊见他的第一句话就是:"你不是想跑吗?"

"不是说好了吗,咱俩一块跑。"朋友回答得很轻易。

"一块跑,今晚就跑。"羚羊惊魂未定。

"不后悔?"朋友问。

"不后悔。"

当晚,朋友趁着家人熟睡,偷了一点钱,买了两张火车票,羚羊离开了家。

大猫知道这些事也都是二狗告诉他的,大猫问二狗:"你是不是把咱俩的事情也告诉他们了?"

"说了啊。"

"别老打听别人的故事,别人从哪里来咱管不着,知道了又能咋?"

"不能咋,就是想知道。"二狗说。

"以后这些破事别给我说。"

羚羊和二狗潜进货场，连续打开了几个车厢之后，他们发现了令人兴奋的一幕：整箱整箱的午餐肉、方便面、火腿肠。

"我最爱吃火腿肠了。"二狗把箱子扯开。

"没长脑子？这个。"羚羊拿出一罐午餐肉。

"我就爱吃火腿肠。"二狗抱着箱子不放。

"傻狍子，抱得动不？"羚羊抱起午餐肉箱子。

"抱得动。"

"真正有尊严的乞丐是不偷东西的。"大猫躺在床上学着普通话，旁边的鸭子也一脸不屑："就是。"

"鸭子，这有你说话的份没？"二狗用手指着他。鸭子动了动嘴，什么都没说。

"哥，你先看看这是啥。"二狗从箱子里拿出一袋火腿肠。

"火腿肠谁没吃过，不新鲜。"大猫不为所动，鸭子已经坐了起来。

"再看看这是啥，比火腿肠还好吃。"羚羊取出一盒午餐肉扔给鸭子，鸭子伸手就接住了。

"还给他们。"大猫从鸭子手中拿过午餐肉，看都没看就扔了回去。

"大猫，你又不是没偷过东西，这也不叫偷，叫拿。你知道有多少人在货场偷东西吗？他们自己人管这叫拿。"羚羊说。

"别人我不管，反正我以后不再干偷的事了。"大猫说。

"那你等着饿死。"羚羊又把午餐肉扔给鸭子，"尝尝，老好吃了。"鸭子迫不及待把午餐肉打开，就拿舌头在上面舔。

"鸭子，你忘了昨天的事了？"大猫说。

"没忘。"鸭子嘴上这么说，还在用手抠里面的肉。

"真傻啊，不记事啊。"大猫显然很生气。鸭子把午餐肉放进嘴里，朝大猫笑笑。这是大猫第一次看见鸭子笑。

"哥，羚羊已经道过歉了，再说俺都一天没吃饭了。"二狗狼吞虎咽。"大猫，咱们这种人，团结在一起比分开强。有我在你们只沾光不吃亏，没我，今天有这么多好吃的吗？"羚羊打开一盒午餐肉递给二狗，"笨蛋，吃这个。"

"羚羊，你偷你的我不管，别拉别人下水。"大猫说。

"你不干，也不让别人干，你一个老大，连兄弟吃饭都管不了，好意思说这个。"羚羊又拿起一盒午餐肉，"真不吃？"

大猫没理。

"鸭子，好吃不？"羚羊问。

"嗯。"鸭子顾不上答话。

"二狗你劝劝你哥。"羚羊又对大猫说："这些东西放你们这，够吃几天的。你想想，我明天再来。"羚羊拿了两盒午餐肉，准备离开。

"羚羊，再去偷一趟呗。"二狗叫住他。

"吃饱了睡，明天再说。"

羚羊出了门。

一大早，鸭子和二狗拿着火腿肠和午餐肉就去了水塔。

"鸭子，你觉得羚羊这个人咋样？"二狗问。

"我有点害怕他。"

"你怕他干啥,有我和我哥给你撑腰,你就说他人咋样?"

"还行吧,虽然欺负过我,可也给了这么多好吃的。"

"就你妈知道吃。"

"你不是不吃偷来的东西吗?"羚羊倚着门框看着正在吃午餐肉的大猫。

"又没吃你的,我弟偷的。"

"火腿肠是你弟偷的,午餐肉,我,我偷的。"

"我给你吐出来。"大猫说着就把手指头放进嘴里抠。

"行了,想吃就吃,本来就是给你的,二狗和鸭子呢?"羚羊问。

"一早出去了,不知道。"

"跟马田要了件棉袄,给你们了。"羚羊走进屋,把棉袄扔床上。

"我们这有,不要。"大猫继续吃。

"有?这件大衣也是我的。"羚羊指了指之前的那件军大衣。

两人说话的功夫,之前的巡路工又进来了,后面还跟着一个小年轻。刚进门,年纪大点的看了看大猫,对羚羊说:"小东北,吃得不错啊。"说着,又去看装火腿肠和午餐肉的箱子。

"干啥?这是我们的。"大猫赶紧从床上起身走了过去。

"大猫,没事,这老贾,我好哥们。"说着去搂年纪较大的巡路工的肩膀。

"噢,认识啊。"大猫刚刚说完,年轻的巡路工立马说:"去去去,谁你好哥们,我师父是你好哥们?那我成啥了。"年轻的巡路工看上去大不了他们几岁。

"好,你不是好人吗?你和老贾单论,他是你师父,你是他徒弟。咱仨一块论,就是哥们。"羚羊嬉皮笑脸。

"我说小东北,你是觉得我不敢打你还是啥?"年轻的巡路工人用手指着羚羊。

"干啥呢?"老贾横了一眼徒弟,从箱子里拿起一盒午餐肉问大猫:"哪来的?"

"别人送的。"

"我问你从哪来。"

"河南驻马店。"

"一个小东北一个小河南,好啊,上回我看见屋里还有俩人,你们一起的?"

大猫点点头。

"都是河南的?"

大猫点头。

"好啊好啊,别让东北人欺负了。"说着把手里的午餐肉递给大猫,示意徒弟走。

等两人走出屋子,大猫看看羚羊:"他不管啊?"

"老贾啊?他才懒得管这闲事。"

"怪不得老说好啊好啊。"

"他徒弟姓郝。"

多了一件棉衣,大猫羚羊鸭子不用挤在一张床上了。他们找了几块纸板铺在地上,大猫执意睡在地上。

"地上一点儿都不冷。"大猫说。

"哥,你说羚羊把棉袄给咱们,他晚上睡觉咋办?"二狗问。

"他肯定还有。"大猫很坚定。

"对,狡兔三窟。"二狗想了想又说,"狡兔三窟啥意思?"

就在这时,羚羊又走进来:"这么早就睡,起来起来。"

"你又来做啥?"大猫问。

"给你们送东西。"

二狗问:"啥东西?"起身围了上去,"啤酒,这个是啥?"

"牛肉干都没见过,笨蛋。"

羚羊一手拎着一瓶啤酒,脖子上挂着一个袋子,里面装的全都是牛肉干。

"我尝尝。"二狗撕开一袋牛肉干,往嘴里送。

"喝这个,喝这个。"羚羊用嘴咬着瓶盖,牙都咬疼了,才勉强把啤酒打开。

"我来,我来。"二狗把另一瓶啤酒抢过去,试着用牙咬,怎么都咬不开。"我来。"大猫虽然把酒打开了,费力程度不比羚羊好多少。

所有人都起来了,几口啤酒下肚,他们就有了醉意,羚羊也就自然而然住在了屋子里。

异乡

丐帮

裙子

闯入者

阿飞阿南

秘密

钓鱼

老乞丐

马田

丐帮

夏天到了,羚羊弄来了一口锅,拿回来一只杀好的鸡。他给二狗一些钱,让买一些油盐酱醋回来。

"做饭吃啊?"二狗问。

"炖鸡。"

巡路工老贾和徒弟小郝已经和他们混熟了,虽然小郝经常叫错他们的名字。有时候,老贾也会拿一些东西给他们吃。

"行,折腾吧,总比闲着好。"老贾爱和他们搭话。

"饭好了叫你。"大猫对老贾说。

老贾笑着摆摆手,嘴里哼着歌走掉。

他们用砖头在草垛旁边架起了锅,把整个鸡放在里边炖。二狗忍不住,用筷子去捅锅里的鸡。

"没熟呢。"大猫说。

与此同时，铁路上出现了另外一伙人。

"我认识他们，带头的那个叫瘸子。"羚羊说。

"还用你说，都看到了。"二狗说。

"不是，他名字也叫瘸子。以前不太来这边，只知道他们经常去货场偷东西。"羚羊解释。

"我咋没在货场见过他们。"二狗说。

"你偷东西的时候别人见过你？"羚羊说。

二狗似乎明白了。

羚羊接着说："这帮人不好惹，就当不认识。"

"本来也不认识。"大猫说。

"第一次见他们的时候，差点吃亏，幸亏我跑得快。"羚羊说。

"他们打过你？"二狗说。

"那倒没有。"羚羊说。

"以后不用怕了，谁敢惹咱们猫猫狗……"大猫做了一个抹脖子的手势。

"快别嘚瑟了，你那两下子……别说话，他们过来了，就当没看见。"羚羊趴在地上，吹锅底的柴火。

"哥，他们朝咱过来了。"二狗提醒。

"怕他？也不问问这是谁的地盘。"大猫小声自言自语。

对方一共四个人，一副地痞流氓打扮。只有一人，戴着一顶破草帽，身上的衣服没有一块完整的，不知道补了多少遍，远远看去满身都是烂布条，看年龄没有五十也有四十，是四个人当中年龄最大的人。其他人不过二十多岁，倒是他先开口："一群小要饭。"话是对瘸子说的，大猫却先站了起来："你说谁要饭的，这里边就你最像要饭的。"

"操，屁大点小孩……"瘸子身后一个留长发的人就想冲上去动手。

"天下乞丐是一家。"头顶破草帽的人拦住他，"一群生瓜蛋子，犯不上。"

瘸子朝他使了个眼色，示意他先别动手，走到假装吹火的羚羊面前："羚羊，还记得我？"

羚羊脸上马上绽开笑容："大哥。"

"规矩懂不？"

"懂，懂。"羚羊附和着。大猫问："啥规矩？"

"你的人？"瘸子看了看大猫问羚羊。

"朋友，朋友。"羚羊将大猫往身后拽，大猫挣脱开，瞪着瘸子。

"挺横啊。"瘸子照着大猫的脸就是一巴掌,发出"啪"的一声脆响。大猫脸上一阵火辣,一手捂住因怒气变形的脸。二狗马上冲了上来,羚羊赶紧拦在中间:"算了算了,都是自己人,自己人。"

"我看你们是不太懂规矩啊。"长发旁边另一个人拿着棍子指着二狗。

"你们想干啥?"二狗说。

"干啥,让你懂懂规矩。"棍子突然落在二狗肩膀上,二狗一愣,大叫一声倒在地上。大猫冲持棍子的短头发就是一脚,并朝其他人喊:"羚羊动手,鸭子抄家伙。"

话没说完,瘸子一脚踹在大猫身上,大猫一个趔趄。随后棍子打在他胳膊上,紧接着又是一脚,大猫摔倒在地。瘸子夺过短头发手里的棍子,两步冲到大猫跟前,一脚踩在大猫胸口上,用棍子指着羚羊和鸭子:"谁敢动?"

羚羊站在原地:"大哥,他不是故意的,对不起大哥。"

"对不起你妈。"长头发的人冲上来朝羚羊就是一巴掌。

羚羊还是堆着笑脸:"哥,对不起,我们不对。"

"你,过来。"瘸子指着鸭子,鸭子都吓傻了,蹲在地上一动不动。

"你们凭啥打俺们?"倒在地上的二狗这才清醒了一点。

"你说凭啥,你说凭啥……"长头发对着二狗一顿乱踹,鸭子看这情形,吓得坐在了地上。

"这点本事就别学别人占地盘。"头顶破帽的人开口了,"两个选择,要么入帮,要么从哪来滚回哪去。"

"入帮,我们入帮。"羚羊赶忙说。大猫气得胸口一鼓一张,看着面前几个人,没敢说话。其他人也不敢说话。

"你小子有眼色,有我们罩,没人欺负你们。"瘸子的脚依旧踩在大猫胸口上。

"这不结了,行了行了,以后就是一家人。"头顶破帽的人把瘸子拉开,把大猫拉起来,"有眼色吃饱饭。"

老贾远远看见一堆人打起来。走近的时候,头戴破帽的人正帮着二狗拍后背的土。"你们几个,哪来的?"

瘸子看老贾穿着制服,从兜里掏出烟,递给老贾:"叔,抽烟。"

老贾没接:"谁是你叔,铁路上都敢打架。哪来的?"

"没打架,兄弟们好久没见,闹着玩呢。"头戴破帽的人说。

"闹着玩？你叫啥？"老贾问。

"麻李，山东人，闯荡江湖三十年，今天过来就是看看兄弟。"头戴破帽的人回答。

"小东北，你认识他吗？"老贾转问羚羊。

"认识，朋友。"

"你们都认识？"老贾狐疑地看着其他人。

大猫看看瘸子没说话，二狗也没吱声。"到底认不认识？"老贾又问。

"他们打我们。"鸭子突然开口。

"操，谁他妈打你了？"长头发指着鸭子，鸭子闭了嘴。

"找死。"短头发也说。

"你们干啥？"老贾拿着手里的锤子指着长头发和短头发，"你们，叫啥？"

"你他妈管我叫什么？你谁啊？"

"死老头。"短头发附和。

"我就是铁路上的人，在这待了三十多年，比你们年纪都大。"

"谁管你待了多少年，我告诉你，少管闲事。"长头发直视着老贾。

"兄弟不懂事,哥,先抽着。"瘸子再次把烟递上去。

这次老贾接了过去,瘸子的火就到了眼前,把烟点着。老贾看了看瘸子,问大猫:"小河南,他们打你没有。"

"没有没有,没打,闹着玩呢。"羚羊抢先说。

"睁眼说瞎话。我老远就看见了。"然后看了一眼瘸子,"你们几个大男人,欺负人也不应该在这欺负,当这地方没人管是吧?"

"哎哟,谁管?你管?"长头发的人接着说道。麻李一把拉住他让他住口,"老哥,没什么大事,亲兄弟都吵架,何况我们。"

"都是小事。"瘸子附和。

"跟他说个屁,不行连这老东西一块打……"短头发的人刚一开口,又被麻李拦住。

"后生,打我是吧?看见没?"老贾指着车站,"旁边就是派出所,试试?"

"你还真当我怕是不?"长头发火气不减,瘸子急忙阻拦:"行了行了,没完了?"紧接着对老贾说:"哥,你说咋办?"

"走走走,赶紧走。"老贾不耐烦挥挥手。

"行,走就走。"瘸子又指着羚羊,"羚羊,记着啊。"

然后冲其他人摆了摆手:"走。"

"哥,真走啊?"长头发问。

"废什么话。"

几个人一直盯着瘸子他们走远,老贾自言自语:"行了,走了。"

"老贾谢谢你啊。"二狗松了一口气。

"啥人都惹,你们能打过他们吗?我就在前边,打不过不会喊我?"老贾开始数落他们,"知道他们干啥的吗?"

"混混,这一片要饭的都归他管。"羚羊说。

"你们也归他管?"

"他们叫我入帮,我不想。"羚羊接着说。

"哟,我这是见到丐帮了?"老贾笑起来,"管好自己的事,别啥人都招惹,火都灭了,赶紧。"老贾朝锅的位置努嘴。

鸭子走到锅前,俯身下去单腿跪在地上吹出火星,把旁边的干草塞进去,火燃起来。老贾走近往锅里看:"行,闻着挺香。"然后转身看了看羚羊和大猫:"以后再碰上这种事知道咋办了?"

大猫点点头,羚羊则不屑地说:"老贾,放心。"

"那行,走了。"老贾背着手往前走。

"一起吃点?"身后的羚羊说。

"唉。"老贾叹了口气,头也没回摆了摆手。

"你咋这么胆小?"老贾走后,大猫一脚踹在羚羊屁股上。

"还怪我?"羚羊翻着白眼,"咱们几个谁能打得过?"

"打不过也得打,这叫骨气。"二狗帮腔。

"有屁用?"羚羊懒得理他,坐在地上翻锅里的肉。

"羚羊,瘸子他们到底啥来头?"大猫让自己消了气。

"反正不好惹,他们兄弟四个,出了名的混混,坑蒙拐骗啥都干,还管着这一片的要饭的,要了钱都得跟他们分。"

"亲兄弟四个?"

"嗯。"羚羊继续翻锅里的肉。

"啊?"大猫有些吃惊:"麻李都能当他们爹了。"

"啥啊,其他三个是亲兄弟,麻李不算。"

"那麻李是干啥的?"

"不知道,以前没见过,也不认识。"

"那也不对啊,不是兄弟四个吗?"

"是兄弟四个,今天只来了三个。"

"另一个呢?"

"我哪知道去?"

"那个长头发挺厉害的,叫啥?"

"老二啊,叫长毛,最烦的就是他,老大瘸子,老二长毛,老三,就那个短头发,蛋蛋,老四叫白脸。"

"入帮的事咋办?"二狗插话。

"那个没事,我之前也入过,没啥区别。"

"啥意思?"大猫和二狗同声问。

"老早了,我在货场偷东西碰见过他们一回,也是和今天似的,差点打起来。让我入帮,偷的东西给他们一半,我答应了,后来也没见他们朝我要过东西。"

"原来吓唬人啊。"二狗又松了一口气。

"基本没啥事,也不太能碰到他们。"羚羊满不在乎。

"噢。"大猫若有所思,也松了一口气,"鸡腿别动啊,鸡腿给鸭子。"

"凭啥啊?"二狗激动起来。

"凭啥?老贾问打没打你咋说的?你都不敢吱声,羚羊咋说的?没打没打。"大猫故意夸张地学着羚羊说话的口气,"还不如鸭子有胆。"

鸭子笑了笑。

"你笑个屁。"二狗朝鸭子头上轻打过去,闻了闻锅里的肉,对着大猫叫了声:"哥。"

"弄啥?"

"我今天过生日。"

"滚滚滚。"

裙子

鸭子发现了一个女孩。

准确地说,是因为她穿了一条看不出颜色的裙子,留着一头看不出黑色的长发。要不是这些,鸭子根本分不出这是个女孩。

他回来报告,其他人立即起床来到门口。

"是个女的。"羚羊说。

"比咱们还脏。"二狗说。

"咱哪脏了?"大猫反问二狗,二狗没说话。

"过去看看。"羚羊在前面领路。

见他们过来,女孩很紧张,站在那里一动不敢动。

"搁哪来的?"羚羊问。

女孩看了看他们,没说话。

"哑巴。"鸭子说。

二狗朝鸭子头上扇了一下:"闭嘴。"

"别问了,她是害怕。"大猫说,然后对鸭子说,"看看屋子里还有啥吃的东西。"

女孩低下了头,二狗问她:"你多大了?"

还是没有回答。

"看着和你差不多。"大猫说。

鸭子抱过来一些零食,递给女孩,女孩没有伸手接,二狗撕开一个袋子,拉过女孩的手,放在她手里:"别害怕,吃。"

女孩看了看二狗,又看了看每个人,大猫说:"没事,吃。"

女孩才吃了起来。

"不是聋子。"鸭子说。

"买个鸡,炖鸡。"羚羊说。

烧火的时候,大猫看了看女孩:"你这样不行,搞得比我们还脏,得洗洗。"

大猫让鸭子看火,带着女孩穿过墙洞。在通向街道的地方有一家废弃的医院,里面长满了杂草,里面有一个水龙头,大猫他们平时所需要的水都是从这里取的。

大猫问她:"冷不冷?"

女孩脸上挂着水,抬起头来闭着眼睛对着大猫摇摇头,那一瞬间,大猫觉得眼前的这个女孩美极了。

"头发也洗洗。"

女孩洗脸和头发的时候,大猫就说:"我们几个是一个团伙,叫猫猫狗。"

女孩停了一下,大猫看到她在笑:"笑啥?"

女孩没有回答,继续洗脸。

"我叫大猫,说你哑巴的是鸭子,给你东西吃的是二狗,我弟,买鸡的是羚羊,我们是一起的,合在一起就是猫猫狗。你也加入我们。"

女孩继续洗。

"你也没地方去不是?我们这可好了,旁边有个货场,天天有好吃的。炖鸡,我都吃腻了。"

女孩停了下来,看了看他,点了点头。

"说定了。"

羚羊用偷面包铁的钱给女孩买了一件裙子,大猫责怪他不会花钱:"买条裤子,一年都能穿。"羚羊竖起两个手指头,不屑地说:"二十。"

女孩不知道自己多大，看样子，他们都觉得她和二狗差不多大，差不多就行了。

女孩不知道自己的名字，她说自己没名字。大猫说："我们一堆猫啊狗啊，你一个女孩，叫个好听点的名字。你叫裙子，一听就是女孩。""裙子好，好记。"二狗说。

羚羊和二狗中途问过很多次裙子从哪来，裙子都说不知道。大猫嫌他们问题太多："别总打听别人的事情，既然在一起了，就是一家人。"

第一天晚上，大猫就把床铺重新做了划分。把之前自己睡的硬板床给了裙子，自己则和二狗羚羊鸭子睡在地上的硬纸板上。

没有人反对。

没过几天，大家都看到了裙子不同常人的一面，她很少说话，但偶尔说话的时候有明显的口齿不清。羚羊每次拿着从货场偷来的东西问他："裙子，想不想吃这个？"裙子总是笑，羚羊就拿着手里的东西继续问："想吃这个还是那个？"

这个时候裙子就会含糊地吐出一个字："想。"

开始的时候，羚羊还因这个女孩跟自己开玩笑而高兴，不到一天，他们都觉得事情没有他们想得这么简单。

下午的时候，一群人在铁道旁等锅里的东西煮熟。羚羊照例管火；二狗顺着铁轨来回踢脚下的东西，时而跑到锅旁察看；大猫拿着根木棒当刀剑挥来挥去；鸭子把耳朵贴在铁轨上，听着什么东西。裙子就突然骑到鸭子背上，鸭子一使劲就将裙子掀翻在地，这一幕大家都看见了，和设想的不同，裙子不但不生气，还笑起来，掀起自己的裙子，拉着鸭子的手往下面摸去。

鸭子吓坏了，赶紧缩回手，裙子又去捉他的手。大猫赶紧上去拉开了裙子，在裙子的笑声中，大猫、二狗、羚羊互相对视，眼神充满疑惑。

接下来的第三天，他们发现裙子在铁路上走着走着，就旁若无人地掀起自己的裙子。而已经不仅仅是羚羊，其他人也都确认她说话不清和行为难解的事实。

"俺嘞娘，以为鸭子脑子有问题，没想到这个才真有问题。"二狗说。

"嗯，确实有问题，不正常。"羚羊附和。

"有啥问题？不就是说话说不清楚。"大猫反驳。

"可拉倒吧，要是说话说不清楚也就算了，动不动露屁股。"羚羊模仿掀裙子的动作。

"露咋了？反正就咱这几个人看见。"大猫继续反驳。

"哥，得把她弄走。"

"敢？"大猫做出一个要扇他的动作。

"你啥意思？留着？"羚羊纳闷。

"留着咋了？又不是啥大毛病。"大猫坚持。

"这还不是啥毛病，那啥是毛病？"二狗说。

"留着也行，确实也没其他毛病。"羚羊复议。

尽管如此，大猫和其他人一样，开始关注裙子的言行举止。半个月下来，并没发现裙子有其他不正常的举动，就连他们最担心的掀裙子的动作，也再没发生过。但这并不妨碍他们认为裙子智力确实存在问题的看法。

大猫认为可以做出决定了，他主动找到二狗羚羊和鸭子，对他们说："我觉得没啥大问题，脑子稍微有点问题，不耽误啥。"

"别走了，现在让她走，我还觉得舍不得。"二狗完全改变了之前的看法。

"出息。还舍不得，有啥玩意儿舍不得？"羚羊一脸看不起。

"咋了？你舍得？"大猫反问。

"舍不舍得的,不走就不走呗。"羚羊还是满脸不在乎。

"你呢,鸭子?"

"我觉得没啥。"

当天晚上,大家睡下不久,大猫悄悄从地上爬起来,朝裙子的床板走去。他靠近裙子的脸,轻轻亲了一下,裙子就发出咯咯的笑声。他赶紧用手堵住了裙子的嘴,隔着裤子,整个身体抱在裙子身上开始扭动。他的手感到裙子停止了笑,松开手专心扭动起来,没几下,一种温热在他裤内渲染开来,他马上就感受到了这股暖流。就在这时,裙子又咯咯笑起来。

地下的三个人也发出长憋已久的笑声,一种说不出的羞愧促使他悻悻起身,他用手摸了摸裤子,裤裆湿了一片。笑声停止了,他回到硬纸板上躺了下来。

"有意思没?"羚羊悄声问他,其实大家都听得见。

"啥?"

"你那儿。有意思没?"

"有意思。"大猫有些怨气。

"有意思?裤子都没脱。"

接下来的一个月,是他们认识以来最开心的一个月。没人再对裙子的"缺陷"感到不适,很大一方面,是裙子再也没有"出格"的举动。而对大猫那晚的事情,似乎睡醒之后大家就自然遗忘了。

羚羊和二狗常常晚上出去偷东西,大猫虽然还是反对,也只是说说。

鸭子偶尔也会和羚羊二狗一起,大猫就说:"有尊严的要饭的从不偷东西。"

"你不是说咱不是要饭的吗?"

"不重要,重要的是偷不偷东西。"

"不偷东西吃什么?"鸭子问。

"跟他们学有啥好的,跟着咱。"大猫就带着鸭子和裙子来到车站旁边的一排垃圾箱面前,从里面翻出来一个缺了口的塑料盆。然后沿着大街走了大概两公里,在一座商场门前停下来,确定好商场保安的管辖范围后,在管辖范围之外，把盆放在旁边。大猫对鸭子和裙子说："跪在后面。"

大猫自己先跪了下来，把盆放在眼前，鸭子和裙子在他后面跪了下来，大猫朝他们使了个眼色，就失声痛哭起来："救救我们。"在鸭子和裙子瞪大了眼睛的惊讶中，大猫回头对他们小声说："哭。"

裙子马上发出了咯咯的笑声，这一举动马上吸引了路人，人们迅速聚拢了过来。大猫紧张地看向裙子，对鸭子使眼色的同时，捂着嘴小声对鸭子喊："快捂她嘴。"

鸭子赶紧捂住裙子的嘴，大猫小声对裙子说："低头，别笑。"

鸭子和裙子只得模仿大猫的样子，低头装出一副正在哭的样子。而大猫则等人群挤得水泄不通后，开始陈述："爹出车祸死了，娘不要我们。"

大猫的哭声变得夸张起来，路人越聚越多。

"我一个人带着弟弟妹妹，一路要饭来到这里。刮风没人管，下雨没人管，生病也没人管，哥哥姐姐、大叔大婶帮帮我们吧，给我们口饭吃。"

有人开始向盆里扔钱，已经没人在乎这是否是一个真实的故事，大猫的演技无可挑剔。鸭子甚至觉得他是真的哭了出来。当他们拿着钱冲出人群的时候，人们像早都知道结局一样自动散开了。

鸭子很喜欢这样，他觉得比跟着羚羊偷东西好玩多了。裙子更是喜欢，她似乎对一切都充满了兴趣。

"没钱并不一定需要去偷。我觉得故事还可以再好一点。"大猫数着盆里的钱。

因为裙子的加入，生活都变得不一样了。

她跟着大猫去行乞，跟着羚羊去偷东西，大猫和羚羊都问过她到底喜欢跟着谁。她从来不说。问多了，她就咯咯笑。

只有在无所事事的时候，大猫才显得格外高兴。而最让大猫高兴的事情，是对着开过的火车撒尿，每到这时候，二狗就会对大猫说："咱们干嘛不在铁轨上拉屎？"

大猫就会气冲冲地踢他的屁股："跟你说过多少次了，那没意思，没人能感受到，司机不能，乘客也不能。"

二狗不服气，每次对着开过的火车撒尿，二狗都会迎着风大声喊："尿你，尿你，尿停你。"

"你把它尿停我看看。"羚羊嫌他幼稚。

"尿停你,尿停你。"鸭子也学二狗的样子,然后挺起身体,对着空荡荡的天空:"把飞机也尿下来。"尿液落下来洒在鸭子自己身上,羚羊看得哈哈大笑。二狗一把拽过鸭子:"他知道个屁。"

所以经常出现的情况是,只要有火车开过来,他们就站成一排开始撒尿。其中就有裙子,只是她不像男孩一样脱裤子,只是站着,两手叉腰,屁股向前挺,模仿男人撒尿的样子。反正日子总是这样无聊。

他们还把螺母套在钉子上,然后放到铁轨上,等火车压过去的时候,钉子就被压扁变成了一把"剑"。不过只能在火车开得极慢的情况下才能实现,当火车快速开过去的时候,铁轨上的钉子常常不见了。即便如此,他们仍然乐此不疲,他们什么都往铁轨上放:石子,饭盒,树枝……

裙子最喜欢的游戏,是他们趴在停着的火车下面,等火车开动的瞬间,他们从火车下面爬出来。不过这种机会并不多,停在站外的火车几乎全是货车,而货车常常一停就是好几个小时。为此,老贾和小郝警告他们不知道多少次,只要看到他们钻到火车下面,老贾就会拿着手里的工具跑过来:"出来出来,赶紧出来。"

小郝对他们就没这么客气了，他会拿着锤子把车皮敲得震天响，直到把他们"震"出来。

不过在大猫他们看来，这比火车开动后再从里面爬出来刺激多了。每到这时，裙子就会格外高兴，她跑动的时候，笑声传遍了整个车站。而老贾则会一直追到他们为止，即便是小郝，也不会真拿手中的锤子打他们，他觉得这些孩子太可怜了。

裙子还喜欢躲在二狗身后，火车开过去的时候，二狗朝着火车大喊，她就从二狗的身后钻出来，和二狗一起喊。

裙子觉得二狗把塑料袋举起等火车的气流灌满然后放飞的游戏不够好玩，她就发明了一种新的玩法，她捡来各种颜色的塑料袋用绳子绑住，让二狗爬上车厢，绳子的另一头绑在车厢的挂钩上，如果碰巧工人不在，可以挂满整个车厢。等火车开动的时候，塑料袋灌满了风，会像风筝一样飞起来。有一次，他们捡了一堆塑料袋，趁黑夜挂满了整条列车。但是他们没有看到塑料袋飞起来的样子，因为第二天他们醒来的时候，火车已经不见了。

晚上的时候,他们就在候车大厅前的广场游荡。大猫说他喜欢看来来往往的行人,每一个人都急匆匆的,就像急着和某件东西告别,他说喜欢这种感觉,这种感觉让周围的人没压力。二狗问他:"咱们平时有压力吗?"大猫让他滚开。

但是白天不行,虽然巴山不让他们在车站出现,但大猫说即便巴山对他们不管不顾,他也不会白天出现在车站的。白天所有的人都会盯着他们看,要饭的不新鲜,一群要饭的就新鲜了。即便行人懒得看他们,他也受不了,他还是会觉得在被人看,"就像动物园的猴子"。所以他们选择晚上来,夜晚给人安全感,一切怪异感觉和不习惯都被夜晚包裹起来,大猫说:"咱们本来就是属于夜晚的动物。"

时间长了,他们发现整个车站就两个警察,巴山和马田,更多的警察在货运站旁边。"这只是个小破车站,大站的警察多。"羚羊告诉其他人他在大站待过。

只有裙子和鸭子不在乎他们说什么、想什么,他们挺喜欢这种状态。

其实真相并不像巴山自己所说,也不像他们所想。他们偶尔白天会在车站出现,他们每一个人都想试试,就在白天的时候让巴山发现他们，巴山会怎么做。

事实经常是，巴山总是对他们置之不理，只要不是离候车室太近，巴山就当没看见他们，也几乎从不和他们说话，他们也从不和巴山说话。"他是个怪人，从没和他说过话。"大猫说。马田则不一样，几乎每次见到他们，都会主动和他们说话。"果然每一个要饭的都逃不过他的眼睛，马田认识车站上的每一个要饭的，并且都能叫上他们的名字，不过和他最熟的还是我。"然后拍拍自己的胸脯。

羚羊不反驳他。

大猫没说错，马田确实记得每一个乞丐的名字，他高兴的时候会说："快来让我看看你们，哎呀，大猫二狗，你们比以前更脏啦。鸭子，跑两步让我看看。羚羊，还是这么能吃？我要是大猫，绝不和能吃的人在一起。裙子，你应该把脸擦一擦。"说完，他会走进候车室，出来的时候，他把手上的毛巾递给裙子："女孩子不要整天和他们一样。"

大猫给每个人排了位置："我是老大，猫猫狗的猫就是我，二狗和羚羊并列老二，鸭子你最小，裙子排在你前面。"

每个人都很高兴，羚羊假装很高兴。

最高兴的是大猫："要饭嘛，就是要在一起。"

闯入者

这天晚上，候车大厅没什么人，马田发现两个脏兮兮的人躺在大厅的椅子上睡觉，他侧头看了看两个人的脸，没见过。

"车站上的乞丐越来越多了。"马田自言自语，"好像不是乞丐，不过也不好说，现在的乞丐，都不好区分了。"

马田随即叫醒了他们："起来起来。"

两个人坐在椅子上没有动。

"票呢？"马田问。

两个人在身上摸了半天，马田打断他们："行了行了，没票是吧？候车室没票不能待，外面待着吧。"

其中一个人急忙站起来拉着另一个人走出候车大厅。

马田看他们慌张的样子，心想，果然没猜错。

大猫一群人正在候车室外的广场上游荡。羚羊看到两个和他们差不多大的少年坐在候车室外的台阶上,拉过大猫,趴在他耳边说:"抢地盘的。"

大猫问:"你认识?"

"不认识。"羚羊说。

"你管人家抢不抢底盘,这也不是咱的地盘啊。"大猫说。

"先过去看看。"羚羊一干人走了过去。

那两个人在候车室外的台阶刚坐下来,就看到一群乞丐朝他们走了过来,一个人用手捅了捅另一个人,"我知道警察为什么赶我们了。"

另一个人也看到了大猫他们,点了点头。

"他们不会把咱俩吃了吧。"其中一个人说。

"晚上别睡了,小心点。"另一个人说。

"这几个小屁孩,老子一个人就收拾了。"

"好像和咱差不多大。"

俩人仔细看了看,一共五个人,身上脏兮兮,看不出来样貌。其中紧接着对另一个人说,"去买点东西吃。"

另一个人站起来,迎着大猫他们走了过去,大猫他们立即避开了。

回来的时候,大猫他们已经不见了。

"人呢?"回来的人问。

"不知道,不见了。"另一个人说。

他们坐在台阶上面,一会儿就睡着了。

"起来起来。"俩人睁开眼,是个警察,不是昨天晚上的那个。

"还真会挑地方,里面不让睡,跑外面来了。我这一天什么事没干,竟和你们这些乞丐捉迷藏了,快起来。"警察嚷嚷着。

俩人站起来刚准备走,一个人看了看周围,"我包呢?"另一个人看了看他身上,同样看了看周围,"包不见了。"

"快走,去其他地方找你们的包。"警察毫不在乎。

"我们的包丢了,一个大书包。"一个人朝警察比划着。

"一定是被那群要饭的偷走了。"另一个人气冲冲地说。

"那群要饭的?不是一伙的?还是内讧了?"警察笑嘻嘻地说。

"谁和他们是一伙的,我们不是要饭的。"

"你们这样的我见得多了,天天争来争去,为点鸡毛蒜皮都要抢,那也许就是你们觉得有意思的地方。快走吧,把你们的包抢回来。"警察依然不经心。

"找他们。"其中一个人说。

警察在身后说:"这就对了嘛,找到那群小乞丐,大乞丐要找小乞丐算账啦。"

另一个人回过头对着警察说:"嘿。"警察看着他,他提高了嗓门:"操你妈!"

他们被警察追了很远。

在裙子的指使下,鸭子正往火车上绑着塑料袋。

二狗和羚羊在屋子里翻偷回来的包,大猫在一边瞧着。

"羚羊,这包里也没啥,你非要偷过来。"二狗翻出包里几件衣服。

"不偷过来,咋知道里面有没有啥。"羚羊说。

"羚羊,东西给人还回去,偷人衣服算啥本事。"大猫说。

"谁说偷衣服不算本事了,偷东西,不论贵贱。"羚羊把包倒空。

"你俩到底还和我是不是一伙的？你知道人家啥人，是干啥的，就偷？"大猫说。

"要饭的呗，还能啥人。"二狗满不在乎。

"咱和人家无冤无仇，又不认识，偷人家东西弄啥呢。"大猫说。

"就看他们不顺眼，想偷就偷。"羚羊说。

"对，就看他们不顺眼。"二狗帮腔。

"就知道你俩返回去没好事。"

太阳快要落山的时候，那两个人又来到候车室，正好碰到马田，马田冲着他们喊："不是不让你俩进来吗？"

"我们找东西。"

"什么东西？"

"包，一个书包。"

"丢了？"

两个人点点头。

"怎么丢的？"

"被一群要饭的偷走的。"

马田讶异了一下，"噢，你们跟我进来。"

他们跟着马田走进办公室。马田让他们在沙发上坐下来,给他们一人倒了一杯水,然后坐到自己的椅子上,说:"那些乞丐你们认识吗?"

"不认识。"

"包里有什么东西?"

"衣服。"

"除了衣服呢?"

"没有了。"

"你俩多大了?"马田继续问。

"十八。"俩人同声说。

"叫什么?"

"飞哥。"一个说完,另一个说:"南哥。"

"行啊,都是大哥。从哪来的?"

俩人彼此看了看,都没说话。

"真有意思,所有的乞丐都不说自己从哪来的,无所谓,包你们还想不想拿回来?"

"想。"

"出门,广场右边有条路,顺着路一直往上走,有座桥,顺着桥旁边的台阶上去,对面有一排旧房子,他们就在那。就说我说的,知道我叫什么吗?"马田问。

"不知道。"

"我叫马田,就说我说的,让他们把包还给你们,别打架啊。"

大猫一群人正在生火，几块砖头上架着一口锅，依然是传统"炖鸡"。看到他们走过来，五个人紧紧盯着他们。

飞哥瞅准了他们，快步跑过去，一脚把架在火上的锅踢翻，汁水四溅，瞬间和几个人扭打在一起。南哥赶过去，立刻加入了战斗。

鸭子也加入了战斗，他抱住南哥，撕他的衣服，咬他的胳膊，南哥怎么甩都甩不开。飞哥由大猫和羚羊对付，丝毫没有占到便宜。旁边有个乞丐一直喊着："别打了别打了。"浑浊的声音一听就知道是裙子。

被鸭子抱着的南哥揪着鸭子的头发，他的头发也同时被鸭子和二狗揪着。不一会儿，鸭子疼得大叫："打翻我们的东西还打我们。"

"谁叫你们偷我们东西，打的就是你们。"南哥揪着鸭子头发的手一刻也没放松。

"谁偷你们东西了。"鸭子大声叫。

"你穿的衣服就是我的,还说没偷。"他用另一只手撕扯着鸭子的衣服。

"别打了。"裙子的声音再次响起。也许是声音太过突兀,俩人这才注意到,他们中间,有一个女孩,女乞丐。而其他乞丐却毫不在意,继续撕扯着。

"你们先松手。"大猫说。

"你们先松,你们松,我们就松。"俩人不妥协。

二狗放开了揪着其中一个人头发的手,他也松开揪住鸭子的手:"行,说话算话。"大猫也松了手,扯开拉扯着飞哥的羚羊。羚羊身上的衣服已经被撕烂了。

"就是你们,昨天在候车室门口的就是你们几个。"南哥整理着衣服。

"那个包不也是你们偷来的。"鸭子说。

"放屁,你说是偷来的就是偷来的,那是我的包。"飞哥说。

"恁说是恁嘞,谁能证明?"

"我自己的东西,不需要证明。赶紧把包拿出来,还给我们。"南哥刚说完,飞哥冲上去捏住鸭子的脖子:"听见没,赶紧把包拿出来。"

"疼。"鸭子哇哇乱叫。

"给他们。"大猫说。

二狗转身走到旁边的草垛面前,从里面拿出包,还给他们。两个人打开包,发现衣服都在,除了已经穿在鸭子身上的那件外,紧接着又问:"钱呢,包里的钱呢?"

"没见钱。"

南哥又捏住二狗:"再说一遍。"

"买鸡了,被你踢翻了。"所有人的目光都集中在了那口被踢翻了的锅上面。"拿着我们的钱买肉吃是吧?"说完南哥朝二狗脸上打了一拳。其他人上来抱住他,让他动弹不得。"让开,都让开。"他喊着,但依然被大猫他们紧紧抱着。

"行了行了,都松开。"飞哥上去把人拉开,"算了,那点钱。"

"那是咱们的钱。"

"已经这样了,别指望了。"他看了一眼地上的鸡。

"全当喂狗了。"

俩人穿过铁路,对面有一排破旧的没有窗户的房子。

他们挨个检查了一遍每间房子。有一间的窗户被硬纸板挡住了,门口也被一个差不多一米高的硬纸板挡住,朝里望去，里面有张破木板床，地上铺满了硬纸板。"这应该是那群小要饭的窝。"飞哥说。

其他房间都是空空如也，其中有两间都是人的粪便，"这群小要饭，把这当成厕所了。"他们选了一间干净点的房子，"今晚待在这，他们要再偷我们的东西，打死他们。"南哥说。

"不会了，都把东西还了。"

夜幕已经降临，他们能够看到对面几个乞丐来回走动的身影。不一会儿，火重新点起来。"真会享受，拿着我们的钱买鸡吃。"他们望着远处的火光。"现在说什么都没用了，全当做好事了。"飞哥打开背包，换上一件干净的衣服，又找了一件递给南哥。

南哥没有换，而是在四周找了几块砖，坐在砖上。

过了一会儿，一个声音对他们说："你们过去，吃。"两个人看得清楚，眼前的正是那个女乞丐。

"说啥？"飞哥看着南哥，再看看裙子，明显没听清。

"过去，吃。"裙子努力把话说清楚。

"吃啥？鸡？不是已经被我打翻在地了吗？"

"干净。"裙子言简意赅。

"过去看看。"

他们跟在裙子的身后,穿过铁轨,来到火堆旁。

"过来一起吃。"大猫招呼他们坐下。火已经差不多熄灭了,他又塞进去几根树枝,一股香味扑鼻而来。

"尝尝。"大猫忍着烫撕下一个鸡腿,二狗羚羊他们已经开始吃了起来。

南哥看了看鸡腿,咬了一小口,"味道确实还不错。"

"要不是你们把锅踢翻了,还可以更好吃,俺专门买了一瓶酱。"滚烫的肉在二狗嘴里,让他说不清楚话。

飞哥对刚才的事还心有余悸,看着大家都在吃东西,也没那么在乎了。

没几下,锅里已经空了。

大猫说:"我叫大猫。"然后指着他旁边的二狗说:"这是我弟,二狗,亲的,比我小一岁。这是鸭子,因为他跑起来像鸭子。这是羚羊,他每次都做梦一个人吃掉一头羚羊。这是裙子,这里唯一的女孩,真名叫什么不记得了,我们见她的时候,她穿着一条裙子。"

"我啥时候做过这样的梦?"羚羊插话。

"他跑得快。"二狗说。

"裙子也是我买的。"羚羊说。

"你们一直待在这里?"

"差不多,这个地方是羚羊先发现的。我和二狗鸭子过来之后,碰见了裙子,我们和鸭子之前也不认识。在这里,咱们要生存,就得待在一起。"

"俺俩刚认识的时候也打过架。"二狗指着羚羊说。

"你们都从哪里来?"

"俺们都不问这些问题,说说你们吧,叫啥名字。"

两人说了自己的名字,其他的事情没有多说,其他人也没有多问。大猫说:"你俩比我们都大吧?"

"十八。"

"那你没我大,我十九了,快二十了。"大猫已经习惯把自己说大一岁,"飞哥就飞哥吧,名字无所谓,但我是猫猫狗的老大。"

"猫猫狗?"

"我们帮派的名字,猫就是我,狗就是二狗,我们都是猫猫狗的,你俩和我们在一起,就得加入猫猫狗。"

"我们要不加入呢?"

"在这里,要饭的要生存,就得待在一起。我们不缺吃喝,跟着我们比自己待着好,人多力量大。"羚羊说。大猫继续补充道:"你俩要加入我们,我可以叫你飞哥、南哥,但我是老大。以前羚羊和二狗是老二,现在你俩是老二,羚羊和二狗当老三。"

"我们无所谓。"南哥说。

"别飞哥、南哥了,叫我阿飞就行,叫他阿南。"阿飞说。

火完全熄灭的时候,大猫对阿飞和阿南说:"你们两个刚才就在对面的房子里?"阿飞点头,大猫接着说:"那可是我们的地盘,你们可以和我们住一起,在这里,要饭的要生存,就得待在一起。"

"这没啥区别,住哪都一样。"阿南说。

"现在咱们就是一伙的了,二狗,你去找点硬纸板来。"

阿飞和阿南就和他们住在了一起,即便如此,还是和他们保持了一点距离。他们从没经历过这样的事情。

裙子依然睡硬床板,其他人睡在硬纸板上,排成一排。最边上是大猫。阿飞和阿南则在另一侧的角落里。

这个季节,地上不算冰,二狗还是找了很多硬纸板让他们垫在地上当床垫用。月光从门口照射进来,他们不明白大猫他们为什么不用一块更大的硬纸板当做门把房子全部遮住,不过谁也没问。

期间不断有火车在旁边经过,火车撞击铁轨发出的声音从地面传来，阿飞和阿南感觉整个地面都晃动了起来。他们需要习惯，因为接下来的每一天，这都是常态。

没有人说话，不知道其他人是不是睡着了，但羚羊一定没睡，自躺下以来，他就一直在打嗝，不过很快就被呼噜声取代了。阿飞和阿南眼睛闭着，依然没办法入睡，他们就那样躺着，等待着睡眠的到来。

不知道过了多久，阿飞和阿南听到一阵窸窣声，两个人睁开眼，循声望去。借着月光的位置，在裙子的位置上，正有一个身影在蠕动，没几下，蠕动就停止了。很快，身影从裙子身上离开。旁边几个人发出忍不住的嬉笑声，那个身影来到大猫的位置上躺了下去。

"有意思吗？"

是羚羊的声音。

阿飞阿南

第二天，阿飞和阿南醒来的时候，其他人不在屋子里。他们掀开身上的硬纸板走出屋子，一辆货车正停在眼前，他们左右望了望，然后从车轮和铁轨之间爬过去。没有人，他们穿过铁轨，一堆黑色的灰烬和几块烧黑的砖头散落在一边，这是他们昨天炖肉留下来的。

"那群人去哪了？"

"谁知道呢，也许要饭去了。"

"他们才不会呢，他们只知道偷。"

"随便吧，这和我们没关系，不过，我们也应该去找点事情做。"

这时，他们才开始仔细观察这个地方。车站在离他们不远的地方，从这里望过去，大概能看到车站的顶棚。对面除了一排破烂不堪的房子，什么都没有。房子后面是一座水塔，周围长满了没过膝盖的杂草。他们站立的地方有一排铁栅栏，与车站方向相反的左边有一座桥，只有一个桥洞的小桥，桥上有台阶可以下去。他们就是从台阶上爬上来找到这里的。

他们换上了昨天的脏兮兮的衣服，这是他们的"工作服"。走到桥边，从台阶上下去，来到公路上，沿着公路来到候车室前的广场。广场依然热闹，他们在人群中没有找到那些乞丐，却发现了追他们的警察，俩人急忙走开。

他们买了两块毛巾，在一个时间较长的红绿灯路口给人擦车：红灯亮起，车辆等待的时候，俩人就冲过去，挨个车擦，这是他们的老本行之一。对很多车主来说，这很烦人，正是这种厌恶，会让他们放下车窗，给擦车人几块钱，擦车人收钱就会走掉。

这是一项不费力的工作，更主要的是，没有任何风险。但这一招在这个城市突然不灵了，他们擦了一中午，一块钱都没有收到。人们不光是不理他们，更多的司机会放下车窗，让他们滚蛋。他们也不是没见过这种情形，要么任凭人骂，继续擦车，别人不耐烦，也有可能给钱；要么说两句好话，别人懒得置气，给钱了事。他们确实是这么做的，但有好几个人，打开车门，从车上走下来，抬手要打他们。

"我们来错地方了。"阿南说。

"想点别的办法。"阿飞说。

"还能有啥办法，碰瓷？"阿南说。

"咱俩太嫩，没大人带不行。"阿飞说。

"那怎么办？再偷硬盘？"

阿飞和阿南来自安徽下业。他们和自己的"团伙"占据市内南边的整块地盘，以强行擦车和碰瓷为主。团伙内的人加上他俩不过七个人，领头的"老大"是个四十多岁的光头胖子，据他自己说早年在少林寺出过家，有一身武艺，但谁也没见过。还有两个六十多岁的老头，分别来自天津和江苏，这俩人是在擦车行乞的时候被胖子碰上的。

胖子和跟着自己混的两个兄弟住在城南的一个城中村中，坑蒙拐骗无所不做。在遇见俩老头之前，他们的主要"业务"是碰瓷，专挑女性的车下手。一个人往车前一横，车主下车，便要求到医院检查，继而直接讨钱了事。他们的演技不佳，被识破的几率很高，剩下两个人就从路边冲过来，一唱一和胡搅蛮缠。多数车主选择"破财消灾"，胖子的日子过得算是滋润。

胖子见俩老头在自己的地盘上擦车行乞，灵机一动，便说服他们加入了自己，请他们吃了一顿"大餐"，在自己的村子给他们租房。有了这两个人，他们的下手对象就不再局限于女性了。

而阿飞阿南则是以胖子邻居的身份与之结识。两个同村青年人一起长大，十七岁从家里跑出来，辗转住在各个城中村之间。之所以如此，他们看上了城中村可以拖欠房租的好处：先交上一个月房租，住下来之后便想尽各种借口拖欠房租，实在拖欠不起，就趁月黑风高一跑了之，这个办法屡试不爽。最长的时候，他们拖欠了半年，走的时候，还骑走了房东的自行车。

阿飞阿南每日无所事事，不关心身上有没有钱，也不知道如何赚钱，就得过且过地混着。既然和胖子对门，也就难免见面，稍加观察，胖子凭江湖经验也能对这一对年轻人猜出七八分，便说服两人也加入了团队。多一个人多一份钱挣。由于加入了俩老头带来的擦车业务，胖子万万没想到，仅凭擦车，一个红绿灯的时间就能挣十几块。同时也没想到，在碰瓷上占据优势的俩老头在擦车业务上并不如阿飞阿南，人们似乎更乐意给这俩年轻人钱。

这样的日子过了大半年。转过年，胖子带着阿飞阿南开辟了又一项新"业务"——偷硬盘。

对他们来说,这是相当赚钱的生意,除了俩老头,他们五个人会全部上阵。胖子说:"人越多越安全。"他们分别在网吧的几个角落里坐下来,这样做是为了在胖子"干活"的时候观察四周的动静,如果胖子被人注意到了,他们就会站起来伸个懒腰,胖子就会停止。如果有网管朝胖子走过去,他们就及时叫住网管,假装自己的电脑出了问题。

阿飞和阿南这才明白胖子说的"人越多越安全"的含义。

网吧到了晚上两点会关灯,只有电脑屏幕发出的蓝光,胖子容易下手。胖子下手的时间一般在凌晨四点左右,这个时间是人最困倦的时间,网吧里有很多人在这个时间早就趴在电脑前睡着了。主机和显示器目标太大,大多数的网吧,会把主机和显示器用链子连在一起,就是为了防止丢失。即便能偷,胖子也从不下手,太沉了,又卖不了几个钱。

胖子只需要一个螺丝刀,轻轻一撬,主机就打开了,将主板卸下来。如果适合下手的机器不多,他会连带着把硬盘也卸下来。往往一个网吧只能干一次,离得比较近的网吧里边最多只能选择两家，毕竟，摄像头可不是摆设。至于胖子是如何"销赃"的，阿飞和阿南不知道。但可以肯定的一点是：胖子销赃很及时。他们从没在他屋子里见过这些东西。

阿飞和阿南虽然不知道这些东西到底能卖多少钱，但他们明白，一定很赚钱。否则胖子不会隔三差五的就带他们去。但是自从开展了这项"业务"后，胖子除了中途当着阿飞阿南的面给他们交了两个月房租，没得再给过他们额外的一分钱。胖子的说法是："要等货卖出去，帮我出货的人也在欠我钱。"

阿飞阿南合计后的看法认为胖子明显在欺骗他们，"他就是不想给我们，他总觉得我们就是坐在那里，什么也没做。"

时间推移，几番催促，胖子告诉他们："这笔钱永远也拿不到了，出货的那小子被抓了。"

阿飞阿南自然不信，事实证明也许胖子并未撒谎。没过几天，胖子就被抓了，他们隔着门听见房东在警察的指使下打开了胖子的门，胖子没做反抗就被带走了。阿飞阿南在惊慌中很快缓过神来：胖子会不会出卖他们？警察也许还不知道他们的存在。

他们甚至没敢掀起窗帘往外看,凭声断定,警察只抓走了胖子,他的两个兄弟不在其中。或许是因为害怕,或许他们始终是不相信胖子的。阿飞阿南在黑暗的屋子待到半夜,才收拾了东西,匆匆离开村子,丝毫没犹豫地上了一辆出租车来到火车站,买了两张最近开出的,最便宜的两张票……

整个下午,他们都在大街上游荡。几乎所有的店铺都不允许他们进入,他们还因此砸碎了一家店铺的玻璃,等人们反应过来的时候,他们早就跑没影了。

当然他们还碰到几个和他们看着"一样"的人,不同的是,他们用的是最"传统"的办法:跪在一面写有自己字迹的喷绘上。阿南自言自语:"这破地儿要饭的还真不少。"

"假的。"阿飞接茬。

"知道假的。"阿南来了兴致,走到乞丐面前,"今天收成不错哟。"

"滚。"

"哟,挺牛逼啊。"阿南刚想朝骂他的乞丐动手,阿飞一把揽住,朝他使了个颜色,然后对着过往的行人喊:"快来看啊,这要饭的是假的,骗子。"

行人大多都愣一下，然后继续赶路。他们不确定这是不是乞丐间的恶作剧，也不关心，无论真假，他们都不关心。

乞丐站了起来，做出打架的姿势。阿飞才不管，继续喊："骗子，这要饭的是个骗子。"

乞丐打了过来，阿飞拔腿就跑，阿南则趁机把乞丐盆里的钱拿走。

晚上的时候，大猫他们回来了，羚羊也在其中。他们看上去累极了，甚至都没有跟阿飞和阿南说一句话，就躺在地上睡着了。

阿飞和阿南依旧睡不着，火车偶尔经过的响声让他们无法适应。他们闭着眼躺着，虽然有硬纸板，身体依然被硌得生疼。无奈，他们把二狗给他们用作被子的其他硬纸板全部垫在了身下，即便这样也无济于事，这边睡疼了，他们就翻一个身，如此反复。

和昨晚一样，同样的声音再次响起。他们对裙子的声音已经很熟悉了，他们也知道趴在裙子身上的那个人就是大猫，甚至不用睁开眼借着月光去辨别，整个动静很快就结束了。渐渐地，夜静了下来。

阿飞和阿南经过了无所事事的几天，这几天，大猫一群人和他俩几乎没有任何交流，大猫他们总是半夜回来，一觉睡到中午。阿飞阿南恰好相反,初来乍到,太多的不习惯,总是早早躺下,早早起来,到街上游荡。

不过阿飞阿南倒能猜出大猫他们在干什么,屋子里经常会多出一些东西,一堆水果、一袋煤炭……

阿飞和阿南突然觉得,和他们在一起,确实不用发愁吃喝的问题。

直到有一天晚上,大猫他们回来之后,阿飞阿南像往常一样早早躺下了。迷糊中,大猫把他们叫醒,然后对他们说:"你俩觉得这里咋样?""很好,每天睡得很香。"阿南说。"之前有点不习惯,现在很习惯。"阿飞说。

"除了睡觉呢?你俩还做些啥?"大猫问。

"擦车。"

"擦车?啥车?"大猫不明白。

"就是给路边的车擦车,人家给钱。"阿南迷迷糊糊。

"挣钱不?"

"别的地方可以,这地方不行。"阿飞说。

大猫拍了拍他们的肩膀:"这可不中,还没我要饭挣得多。"

"要饭?挨家挨户敲门啊?"阿飞满脸怀疑。

"想啥哩,老土,蹲路边。"

"吓我一跳。"阿飞松了一口气。

"那有啥意思,一天地方都不动,没劲。"阿南说。

"挣得不少,一天十几块没问题。"大猫自信满满。

"这些煤、水果也是要来的?"阿南不信。

"怎么来的不重要,重要的是团结,要饭的要生存,就得待在一起。"

"你到底每天都在干啥?"阿飞是完全不相信大猫说的,虽然大猫确实没骗他们。但从满屋子的"战利品"来看,阿飞认定他们就是靠偷东西。现在,他想从大猫嘴里知道细节。

"啥都干,这可不固定,靠啥吃啥,像咱们这种生活在铁路旁的,就要靠铁路生活。"

"铁路上有啥?"阿南问。

"原来你俩啥都不知道啊?咱们这个地方,有两个车站,你俩能看到的是一个,客运站。在相反的方向,还有一个,货运站,就是货场。专门运货的,吃的喝的用的都有,不过也不固定,听说一到冬天就几乎没啥吃的了,还得另想办法。不过现在这个季节是货场的旺季,每天都有新车停留,短的几个小时,长的能停一个星期。"

"你说去货运站偷东西?"

"对，也不算偷。"大猫解释说，"以前这种事我是不干的，我出去要饭挣得也不少，今年煤运的早，他们几个忙不过来，提前为过冬准备。"

"具体都有啥？"阿飞很感兴趣。

"一大车厢一大车厢的货，啥都有，商店里卖的，饭馆里卖的，你能想到的，都有。"

"如果真是这样，好像是比我们的办法好。"阿南看着阿飞说，阿飞点点头。

"我就说，你俩那种办法是笨蛋的办法，要饭的要生存，就得待在一起。咱们一起干，才能得到更多。"

"怎么干？"阿南问。

"其实很简单，跟我们走一趟什么都明白了，傻子都会。"

阿飞阿南想都没想，同意了。大猫很得意，拍着阿飞和阿南的肩膀，"我就说嘛，要饭的要生存，就得待在一起。"

这一天，阿飞和阿南没有出门，而是起床后吃了一些大猫带回来的水果，然后等他们起床。

太阳落山的时候，大猫把其他人叫起来，一群人顺着铁轨一直走。大概二十分钟后,铁轨的数量变多起来,有几条拐到右边。他们顺着那几条铁轨继续走了几分钟,大猫说的货场已经在眼前了。

他们走到一处墙边停了下来,有几处烧完的灰烬,大猫随手捡起地上的一块瓦片在墙角挖着,其他几个人上去帮忙,一会就从墙角挖出来一个袋子。其他几个人又转身去捡了一些树枝回来,大猫生起火,从袋子里掏出几个地瓜扔在火堆里。

夜幕降临的时候,火逐渐自然熄灭。大猫和其他几个人把已变得滚烫的地瓜拿出来,从中间掰开递给阿飞阿南,一股香气扑面而来。大猫告诉他们慢点吃,吃完再去拿水。

他们把剩下的地瓜重新掩埋起来,来到一扇铁门前,大猫告诉阿飞和阿南这是货运站的一个出口。铁轨穿过铁门的下方,留出一大块空隙,完全可以容一个人爬过去。

货运站灯火通明,几个工人正往其中一列车的车厢中装货。其他地方没什么人,大猫回过头对阿飞和阿南说:"白天人比较多。"

他们避开正在装货的那些工人,观察每一个车厢。除非是上了锁的,否则都会被他们"检查"个遍。碰上好吃的好喝的，他们就冲上车厢大吃一顿，然后一群人躺在车厢里看星星。大猫不允许他们任何人往回拿东西，除非是少量的或者不太常见的东西，就像那些少量的水果，只要他们想吃，几个人一顿就能吃完。还有那一袋煤炭，这个季节很少有煤炭，不得不拿一袋储存起来，万一冬天来得早，得以防万一。

回去的路上，阿南拖住羚羊，悄悄问他："大猫为啥不让往回拿东西。"

"怪毛病，以后出来跟着我，啥都可以往回拿。"羚羊说。

"俺哥不太来这里偷东西，也不愿意俺们来，他胆子小，还是觉得要饭安全。带回去东西多了，怕被老贾他们发现出事。要不是冬天需要煤，他肯定也不来。"二狗耳朵尖，听到他们的谈话凑了过来。

"太怂。"羚羊附和。

"你不懂，俺哥贼着呢。"

接下来的一段时间，他们和往常一样去货运站"拿"东西。这几天他们一直在喝一种饮料，因为有一列货车装满了这种东西,它的外包装脏乎乎的,那是沾满了煤的缘故。他们碰上过很多次这种情况,大多数装食品的车厢都运过煤,在装进新的货物之前,根本没人打扫。

运送地瓜的列车开走了,却没有其他的食品车,整个货运站除了一辆运送饮料的列车,就剩下一列空车。他们"检查"过了所有的车厢,的确是什么都没有。

"别他妈找了,说了多少遍,净整这些没用的,弄几块面包铁,想买啥没有?"羚羊憋了很久的怒气突然爆发了。

"就是,人多了,就需要更多的钱。"二狗帮腔。

"真把自己当小偷了?"大猫看了一眼羚羊。

阿飞阿南迷惑不解,羚羊一句反问问出了他们的心声:"咱们不是小偷吗?"

"这些小东西算偷么?偷铁,犯法的。"大猫说。

"可拉倒吧,煤还是小东西?别说煤了,弄块地瓜,人家想逮你一样逮。"羚羊继续反驳。

大猫不偷铁块确实有自己的想法,平时偷食品煤炭,警察对他们睁一只眼闭一只眼,其实没什么风险。铁块则不同,那不是从外面运来的,也不准备运到外面去,从放置的位置就能看出来,铁块放置在货运站后排的仓库中,上面的锁有巴掌大,仓库的尽头就是公安值班室,如果被警察抓住,就不是因为偷食品睁一只眼闭一只眼这么简单了,这的确太冒风险了。

秘密

因为偷东西的事情,大猫和羚羊之间存在着分歧,这点大家都心知肚明。大猫本来就不太喜欢去货场偷东西,他觉得在路边跪一两个小时就能挣到十几块钱更轻松,更何况还能和裙子在一起。

更重要的,他们攒了满满四袋煤,大家都觉得够了,大猫也就不再去货场偷东西了。

大家也看的出来,裙子更喜欢和大猫待在一起。因为和去货场偷东西比起来,去路边乞讨显然更让她兴奋。

"真是个傻子。"羚羊不以为然。

"吃醋也没用,她喜欢俺哥。"二狗倒是更喜欢和羚羊一起偷东西,即便什么东西都偷不到。每天晚上去货场转转,已经成了他和羚羊的习惯。

"屁，她脑子有问题，懂啥叫喜欢，她喜欢的是你哥吗？她喜欢的是要饭这种弱智游戏。"羚羊不服。

他们就在货场里瞎转悠，俩人在货场大多数的时间都是这样度过的，有时候甚至一点儿东西都不偷，就坐在铁轨上聊天或者发呆。

鸭子是自始至终跟着大猫的，这一点羚羊和二狗很乐意。在他们眼里，鸭子笨，带着累赘，不如他俩在一起默契。

阿飞和阿南倒是精明，谁也不打算得罪，从不跟着羚羊和二狗单独去偷东西，除非有大猫。对他俩这种做法，大猫也很满意，借机劝他俩："跟着我，咱五个人一块儿，看起来更可怜。"

阿飞和阿南绝对不会同意的，在他们眼里，再也没有比乞讨更丢人的事情了。这虽让大猫多少有点不高兴，至少因为他俩不偏向羚羊而得到些安慰。

"那你俩干啥啊？白吃可不行。"大猫得知道每一个人的动向。

"别瞎操心我俩了，我俩是吃闲饭的人吗？你还是操心操心你弟。"阿飞想转移话题。

"操心我弟？操心啥？"

"天天跟着羚羊偷东西,哪像兄弟。"阿南说。

"那有啥操心的,他愿意去去呗,我弟和我好着呢。"大猫从不担心弟弟和自己的感情,他很快把话题收回来:"你俩到底干啥啊?"

看大猫没这么好糊弄,阿南敷衍:"我俩这不找着呢吗,万一哪天找到挣钱的门路,咱不就多一条路?"

"就是,再说,如果真没办法,大不了我俩换个地要,两拨人,两个地方,挣得多。"阿飞表示拥护。

"那也行,反正你俩来的时间不长,也不急。"大猫表示出大度。

明显分成了三拨人,羚羊二狗一拨,主要偷东西,半夜回来,白天睡一天;大猫、鸭子、裙子一拨,下午去街上乞讨,晚上回来;阿飞和阿南一拨,不到中午出门瞎转,有的时候晚上回来,有的时候下午就回来。

虽然对大猫敷衍,阿飞和阿南倒没想骗他。俩人确实在想新的赚钱办法,可想来想去,除了偷硬盘,没有比羚羊二狗做的事情更合适的了。可是两样都不能干,前者危险更大,后者太得罪人,反正也不打算在这个地方长待,混一天算一天。

羚羊是想拉拢阿飞和阿南的，二狗虽常和自己一起，但处处说话向着大猫，不算可靠，万一有什么事，他还是一个人。阿飞和阿南不一样，明显和大猫不是一个路子。在他眼里，裙子和鸭子什么忙都帮不上，大猫二狗土得掉渣，也只有阿飞阿南让自己觉得惺惺相惜，他相信阿飞阿南肯定也和他的感觉一样。虽然他们不怎么愿意跟着自己偷东西，这不重要，二狗天天跟着自己又如何，只要彼此感觉对味，早晚的事。

所以这天从货场回来，羚羊趁大家都睡着了，把阿飞和阿南拍醒。他们迷迷糊糊分不清是谁，只是听到了一声轻轻的"嘘"。他们起身跟着那个身影来到屋外，借着月光，他们看清了那个人是羚羊，羚羊示意他们不要说话，然后在前面带路。

他们跟在羚羊身后，穿过铁轨，来到之前炖鸡的地方，他们还能看到那里黑乎乎的一片。羚羊走到草垛跟前，当初他俩的背包就被他藏在里面。羚羊把下面的草扒开，露出一个不大不小的洞，羚羊慢慢爬过去，示意阿飞阿南也爬过去。洞口仅容一个人通过，等他们都钻过去，羚羊又把洞口用草挡住。

阿飞忍不住问："羚羊，你要带我们去哪？"羚羊示意他们不要说话，跟着他走就行了。在下斜坡的时候，羚羊告诉他们"小心点"。然后自己一点点滑下去，阿飞和阿南在后面学着他的样子。

下来之后，是一条小路，右边笔直，他们知道尽头就在他们经常走的桥底下，左边斜插进黑暗中，羚羊带他们向左走。走了一段时间后，他们看到前边的亮光，是候车室前广场发出的。此刻的广场空无一人，只有四个角的路灯发出昏暗的光。他们警觉地经过候车大厅，来到另一侧拐角的巷子，巷子大概一米多宽，一边是墙壁，一边是候车室办公室的窗户，一排开来，偶尔几间亮着灯。羚羊示意他们低下头，避开窗户，走到第三个窗户的时候，他们停下，羚羊直起身，悄悄向窗里看了一眼，然后告诉他们不要出声，指了指窗户里面。

阿飞阿南直起身，看到一个女人的背影，她靠在办公桌上，挡住了坐在沙发上的马田的大半个身体。他们正在争吵。

"行啊，老马，都开始敢不接老娘电话了，想拉倒呗？"他们看到女人手上的烟。

"羚羊，你老乡。"阿南指着窗户，被羚羊一把捂住嘴："别说话。"

"我告诉你姓马的,别一提正事你就装怂,我等了你五年,五年,就等不到那句话吗?"她摇晃着身体,从声音判断,她显然是喝多了。

"我不是装怂。"马田无奈。

"对,你不是装怂,你是真怂。"女人带着笑意,身体朝马田倒去。"这是喝了多少。"马田想把她扶到沙发边坐下,女人一把将马田推开:"喝了多少?喝多少也不管你的事。"

"快别闹了,我送你回家。"马田去拉她。

"回家?"她摇晃着甩手,"我不回家,我就在这,哪也不去。"

"我这上班呢,你吵吵闹闹让别人怎么看?"

"哟,害怕人看笑话?"女人笑起来,手掌轻轻拂过马田的脸庞,加剧马田脸上紧张的神色。她再次倒向马田怀里,"你喝多了。"马田刚想再次推开她,她手搂紧他,马田越挣脱,女人抱的越紧。

"抱我。"女人在马田耳边轻声说。

阿飞阿南羚羊相互对视了一眼,羚羊露出得意的神色,示意他们接着看。

马田屹在原地不动。

"抱我。"女人再次要求,搂住马田的双手放下拉起他的手放在自己后背上,又紧接着抱紧他。女人的哭声才渐渐大起来,身体随之颤抖。

"什么情况?"沉默良久的阿飞突然说。

"这个秘密只有我一个人知道,怎么样,够意思吧?"羚羊一副骄傲的样子。

"这是怎么回事儿?"阿飞问。

"没见过世面,这算啥。"羚羊依然得意。

"这能说明啥?"阿飞不解。

"说明啥?男人,女人。嗯。"羚羊瞪大眼睛盯着阿飞,使劲点点头。

"那女的谁啊?"良久,阿南蹦出一句。

"情人吧,情人。"羚羊觉得还是坚定一些好,"我都见过好几次了。"

几个人一路无话,阿飞阿南不知道羚羊为什么要带他们看这一幕,他们并不感兴趣。只有羚羊一路兴奋,刚钻过洞口,羚羊把他俩拉住:"这事儿,除了咱仨知道,可不能给其他人瞎说。"

俩人点点头。

"打死都不能说,知道不。"

"肯定不说。"

"也就是你俩,二狗天天跟着我,都不能让他知道,不是自己人。"借着月光,羚羊看着阿飞和阿南,期待的话和表情既没有说出来也没显现在脸上。羚羊拍拍阿南:"多大点事儿,我对你俩咋样,心里有点数啊。"

期待的话和表情依然没有。

"无所谓,走,回去睡觉。"

> **钓鱼**

骑白马，挎洋枪

三哥哥吃了那八路军的粮

有心回家看姑娘

呼儿嗨哟，打日本我顾不上

啊，东方你就呀个红

啊，太阳你就呀个升

咱们出了个毛泽东

他是人民大救星

……

只要能听到歌声，就说明是老贾上班的日子，并且一定会来他们屋子转上一转。几个月下来，他们早就熟得不能再熟了，即便是新来的阿飞和阿南，也对这位大叔充满了好感。

这从几个人的表现上可以证明，以前只要听到歌声，即便不想起床，也得醒了，和老贾说几句话。现在，任凭他在屋子里转悠,几个人眼皮都不抬。前段时间大猫紧张了几天,怕是屋子里的煤引得老贾不快,万一告诉警察和相关的工作人员,还不知道有什么后果,毕竟他们之间要比大猫这群人更熟悉,关系不用说也更好。虽然之前他们也常把偷来的东西随便放在屋子,可毕竟都是一些吃的,和这些煤比起来,值不了几个钱。老贾的反应最终让他放下心来:"几个娃娃脑子好使啊,还知道囤货了,用得着用得着,比吃的好使。"从那一天,大猫彻底放下心来。

共产党,像太阳

照到哪里哪里亮

哪里有了共产党

呼儿嗨哟,哪里人民得解放

……

老贾在屋子转了一圈就往外走,裙子起身跟出来。这种情况不是第一次出现了,她似乎对唱歌有天生的兴趣,老贾每次都教她几句,不管她唱的清楚不清楚。今天也不例外,裙子磕磕巴巴重复着"呼儿嗨哟",老贾也重复着,几遍之后,老贾等裙子唱完最后一句"哪里人民得解放"便让她进屋把羚羊和大猫叫起来。

"一睡一天,时间都浪费了,告诉你们个地方,去玩去。"

老贾告诉他们的是六公里外的一个鱼塘:"鱼又多又大,钓一些上来,让老曹吃点亏。"

他们买了鱼线和鱼钩,在铁路旁的湿地中挖了蚯蚓。按照老贾说的,他们走了一个半小时才到,好几个大鱼塘一个紧挨着一个,远处有一个房子,大猫让其他人在鱼塘附近等着,朝房子走去。回来之后跟其他人说:"没事,就一个老头。"

他们把蚯蚓穿在鱼钩上扔进水里,鱼线的另一端绑在一个大石头上,他们还在鱼线上绑了一根带树叶的树枝。树枝一动,就代表鱼上钩了。

鱼塘中鱼的数量远远大于小河,个头也要大很多。他们发现很难把鱼拉上岸,二狗就亲自下水,把鱼抓上来。很快他们就钓上来四五条,二狗抓住鱼的尾巴朝地上摔,直到鱼再也不动弹。他就用铁轨压成的"小剑"把鱼的肚子划开,将里面的内脏掏出来埋进事先挖好的坑里。把鱼洗干净后,装进袋子里。

回到屋子,他们还是在原先炖鸡的地方生起火,把树枝从鱼嘴里穿过放在火上烤。开始的时候,火把树枝烤断,鱼掉进火里,他们急忙把鱼从火堆里拿出来,用他们撬锁的铁棍把鱼穿起来,铁棍支在两边的树杈上。

鱼冒出香味的时候,二狗忍不住用手撕了一块放进嘴里,根本不在意鱼的表面已经全部熏黑。

"熟了没?"大猫问他。

"有点苦,有点腥。"二狗把嘴里的肉吐出来。

"那就再烤一会儿。"

等鱼终于烤好后,他们每个人吃了一口,还是觉得有点苦。大猫尝了尝,把黑乎乎的表皮撕下来,只吃白色的肉,对其他说:"苦的是皮。"

"没味。"鸭子说。

大猫往上面洒了一些盐。

等他们把所有的鱼吃完,大猫满意地说:"明天再去,多钓一些。"

第二天,大猫又带着其他人去货运站找了几根铁棍,阿飞让大猫看看能不能找把菜刀,大猫问他:"找菜刀干啥?"

"刮鱼鳞,苦是因为有鱼鳞,所以要把鱼鳞全部刮掉,随便什么刀都行。"

"还真当回事了,玩一玩拉倒了。"羚羊对烤鱼的味道如何并不抱希望。其他人又何尝不是,只是大家似乎都喜欢钓鱼这件事,既然玩,就玩得透彻一点儿。

大猫也觉得玩虽然比吃重要,但也应该试试。说不用这么麻烦,他们之前捡到过一把生锈的匕首,放在石头上磨一磨就能用。

在鱼塘,没费多大劲,他们就钓到了和昨天一样多的鱼,大猫说:"再多钓几条。"

回来之后,他们生起火,然后把煤块扔进火里,用铁棍把鱼穿起来,把盐洒在上面。这次,他们可以同时烤四条。

烤熟之后,他们尝了尝还是觉得苦,大猫对阿飞说:"你的办法不管用。"

他们还是把外面黑乎乎的一层撕掉。大猫又尝了尝说:"没味。"

然后他们又倒了一些盐和酱油,这次,他们都笑了,都喊着明天还要再去。

看护鱼塘的老头,也就是老贾嘴里的老曹,每隔一段时间都会出来巡视。白天目标太大，他们就晚上去，只要看到远远的手电筒灯光，就知道老曹出来了，然后跑到远处的草丛里面，等灯光远去，他们再回来。

大多数的时候，老曹只是拿着手电筒随处照一照，并不会挨个鱼塘走遍。

二狗和羚羊是主钓手，鸭子和裙子喜欢在旁边看。每次看到树枝动，裙子就会兴奋地喊："鱼，有鱼。"

旁边的鸭子就会说："小声点，鱼都被你吓跑了。"

裙子丝毫不管鸭子说什么。

刚开始的时候，每个人都很感兴趣，大猫、阿飞、阿南，现在他们三个就躺在鱼塘边上看星星，凭裙子怎么喊，他们也不会向那里看上一眼。

"你们说这鱼都有啥吃法？"大猫问，又像是自言自语。

"那可就多了，烤炖蒸煮油炸。"阿南说。

"那你们说哪一种最好吃？"

"油炸，油炸的最好吃。"阿南紧接着回答。

"煮的好吃，还能喝汤。"阿飞漫不经心。

"我也觉得是油炸的好吃，你看路边那些炸油条的，远远就能闻到香味，那个香味……"大猫咽了下口水。

"其实烤的就挺好吃的。"阿飞说。

"那也不能天天吃,得换换花样。"阿南说。

"是得换换花样,除了这几种,还能怎么吃?"大猫问。

"可以生吃,把鱼做成鱼片,生着吃。"阿飞说。

"生着咋吃?"大猫坐起来。

"就是直接吃,不加工。"

"一定不好吃。"大猫又躺回去。

"生吃的人多着呢,这样才能保证鱼的鲜嫩,餐厅里的生鱼片都贵着呢,你啥都不懂。"阿南说。

大猫站起来,走到二狗身边,从旁边的袋子里拿出一条鱼,闻了闻,用手撕了一块放进嘴里,嚼了两下就吐了出来,"不行,忒难吃了。"

老乞丐

"坏了,抢地盘的来了。"傍晚的时候,鸭子冲进屋对着正准备出门的大猫一伙人喊叫道。

未等鸭子话音落下,几个人全冲出了屋子,看见隔着两道铁轨的地方,老贾正和一个老乞丐说着什么。仔细看,老乞丐边上还有一个小乞丐,俩人看上去比大猫一伙人脏一百倍,脏得发黑。看形态估算,老乞丐裹着一个棉大衣,应该超过六十了,小乞丐穿的凉快多了,也就十岁左右,脚下放着一个尼龙袋子,鼓鼓囊囊,比小乞丐都高。袋子上横插着一根木棒。几个人愣神,就看老贾的手朝他们的方向一指,老小乞丐的目光就跟着手指看向他们。羚羊也是纳闷:

"这是要干啥啊?"

"抢地盘。"鸭子重复。

"傻啊,哪点像能抢过咱的样子?"羚羊盯着老小乞丐。老乞丐稍稍弯腰侧身,把木棒上的尼龙袋扛在肩上,就被老贾带着朝他们走过来。

"小东北,小河南。"老贾在前边喊。

一伙人都没应话,等老贾走近才看清眼前的老小乞丐脏的根本看不出样子,从头到脚都是黑的。这种黑他们并不陌生,煤炭的黑,几个人自然也就能够猜出,老小乞丐是跟着运煤的车过来的。

老乞丐刚放下尼龙袋露出浅浅的笑。老贾说话了:"小东北、小河南,给你们介绍个前辈……"然后转向老乞丐:"老哥哥,这几个孩子也是天南海北聚在这的,懂事听话,今天你就在这里凑合一晚。"

老乞丐弯下腰还没来得及道谢,二狗发话了:"凭啥啊,这是俺们的地盘。"

鸭子也附和道:"就是。"

老贾非但没生气,反倒笑起来:"不跟你们抢,住一天。"

"明天就走,咳……咳……"老乞丐有气无力地强调。

"那也不行,一个小时、一分钟都不行。"

"不行。"

二狗看了看周围,除了鸭子跟了他一句,其他人都没有说话。他有点着急,老贾刚想说什么,老乞丐压住咳嗽声:"娃娃们不愿意就算了。"再次弯下腰准备把尼龙袋扛起来。

老贾一把制止住他,对着二狗喊道:"咋就没有个同情心了,都是苦命人,你还觉得你高人一等了?"

二狗被老贾堵得说不出话,羚羊接着说:"就住一天?"

"明天就走,明天就走。"老乞丐保证。

"那行,住吧。"羚羊爽快答应下来。

"还是小东北懂事。"老贾扶着老乞丐准备朝屋里走。

"人太多,住不下。"大猫面露难色。

"两个人能占多大地方,进去看看。"

大猫没有说谎,他们把各自的硬纸板挪了挪,虽然够老小乞丐躺下,屋子也就没有了额外的地方。"这就行,好着哩。"老乞丐打开尼龙袋,从里边拿出一个装着塑料袋的铝盆放在地下,再把被子掏出来,袋子就空了。他把被子铺在地上,再把袋子叠好,气喘吁吁地对老贾说:"好心人,这些娃娃都是好心人。"

"老哥哥,将就将就,我明天把你送上车。"老贾已经退出了屋子。

"不用管,不用管,有地方住就行了,我知道咋回去。"老乞丐言语中满是感激。

"住着吧,我先走了。"

老乞丐就在被子上背对着他们坐下来,把小乞丐拉到自己身边,拿出盆中的塑料袋,打开,从里边拿出几个发黑的饼,塞给小乞丐一个,然后将其他的发给大猫他们:"都没吃饭吧?"

没有一个人敢接,老乞丐又让了一回,还是没人接。他拿出一块,其余的放回袋子,系好,放回铝盆中:"青稞面饼,不是啥好东西。"

老乞丐说完,转过身又成了背对他们。他们就把目光集中在侧身站着的小乞丐身上,他把饼放在嘴里咬了一口,老乞丐就拉着他:"儿啊,坐下吃。"

除了裙子,在场的所有人都愣了一下——看年龄,明明是孙子。可谁也没多想,大家相互看看没有动地方——老小乞丐把整个门都堵住了。

除了两人吃东西和老乞丐不停咳嗽的声音,其他人没有发出任何声响,就看着两个人的后背等着,等什么呢?他们自己也不知道。直到老乞丐从木棍上拿下那只已经发黑的搪瓷缸子和两个空矿泉水瓶子:"哪里有水?"

大猫坐在床上,用胳膊碰了碰鸭子:"你带他去。"

鸭子死活不愿,大猫又用脚碰了碰二狗:"你去。"

二狗的头还没摇完,被大猫一瞪,转而把鸭子从床上拉起来:"跟我一块。"

二狗鸭子带着老小乞丐离开取水,整个屋子才宽敞了许多。剩下的人也没什么兴致说话,都挤到床上坐下,不一会儿,老贾进来:"人呢?"

"喝水去了。"

"这个给你们。"老贾提着足足两大袋馒头,阿飞伸手接过来。"一块吃,别吃独食,他们回来告诉他们,我明天一早过来。"说完就离开了屋子。

二狗回来之后话多了起来:"哎,你也给他们念念那首歌。"

话是对老乞丐说的,老乞丐把缸子矿泉水瓶子整齐摆在墙边:"没有啥,你们别学这个,咳……咳……"他坐回地上,这次,是面对着他们了,把饼还没吃到一半的孩子拉倒自己身边。

"念念,我们都没听过。"二狗继续怂恿。

老乞丐唱了起来:

"快活县有快活村

村里都是快活人

要上二年三年饭

给个县长也不换"

"还有没?"二狗紧问。羚羊插话:"这啥啊?"

"瞎编的,我们村都会唱。"老乞丐和小乞丐显然是洗过脸了,老乞丐脸上的胡子已发白,脸上的皱纹让大家刚才至少低估了十岁。而小乞丐恰好相反,虽不算皮包骨头,至少营养不良,对于这种变化,大家显然没有惊讶。

"你们村叫快活村啊?"阿飞突然说话了。

"嗯,快活村,以前叫火台村,外人都叫要饭村。"老乞丐显然看到了塑料袋里的馒头。

"全村都要饭啊?"羚羊问。

"基本上,除了石头就是石头,有点能种的地,种点青稞和玉米,能收多少全看天意,吃不饱。"老乞丐随即叹了口气。

"吃这个。"阿飞这才注意到老乞丐眼睛盯着的地方,老乞丐没客气,用馒头换掉了小乞丐手里的青稞面饼。阿飞再让,老乞丐才又拿了一个。

"你们村搁哪啊?"羚羊还是好奇。

"甘南。"老乞丐咬了一口馒头,又咳嗽起来。

"那是啥地方?"二狗也自己拿了一个馒头,还不忘问,"谁买的?"

"甘肃。"

"咋到这来了呢?"

"没想到这来,病了……"他又继续咳嗽,"不得不下车。"

"你病了?啥病啊?"

"怕是痨病,气不敢大喘。"他又咳嗽了两声,侧身去够墙边的缸子。

"你准备去啥地方啊?"大猫来了兴致。

"北京,或者南方,最好是南方,暖和。"

大猫看了看他身上裹着的大衣:"你怕冷?"

老乞丐笑起来:"看你们在外面待的也不久,穷家行什么都能舍,身上穿的不能舍,热了脱起来好办,冷了要人命。南方人有钱,要饭不就得找有的人要么?没有的人,你要也没有。"

大猫恍然大悟的样子:"懂了,冬天不好过。"

老乞丐下意识看了看堆在墙角的煤,轻点下头,把手里的缸子放在小乞丐嘴边:"喝。"

"你儿子?"阿飞问。

老乞丐点点头:"干的。"

他看阿飞满脸疑惑,把缸子拿回手里,接着说:"也是个可怜的娃娃,娘跟人跑了,爹死的早,把他交给我。我二十多岁就出来要饭了,没病没灾的,命硬,交给别人,娃娃不好活啊。"

"他咋不说话呢?"二狗又拿了一个馒头。

"胆小。"

"老贾明天送你去哪?"大猫问。

"回村。"老乞丐突然剧烈地咳嗽起来。

直到他咳嗽减轻,大家才轻松了一些,大家接着问:"不去南方了?"

"去不了了。"他还在断断续续咳嗽,"每年这个时候出来,要饭的,多要多吃,少要少吃,最怕的就是生病。才出来两天,身体不争气哦,娃娃没福气。"

"你是怕冷,到了南方天一暖和,病就好了。"大猫装着很明白。

"不敢冒那个险,这个年纪,离家越近越好,树高千丈,叶落也得归根。"他看小乞丐把馒头吃完了,再次把缸子放在他嘴边。大猫起身又主动拿了两个,分别塞在老小乞丐手里。

"你们也吃。"老乞丐接过馒头,"老贾是好人呐,你们都是好人。"

"我们这最好的就是他了。还以为你们认识呢。"大猫说。

"刚认识,穷家行的万年穷,没人想跟咱认识。"他叹了口气,轻微咳嗽了两声,感觉得出来,他已经在努力压制了。

大猫有些动容:"不行你把儿子留在这,跟着我们,我们这可好了,旁边货场啥都有,吃肉对我们来说是家常便饭。"

"他有他的命,你们有你们的命。我回去了,得把他带回去,他是我儿子,得给我养老送终。"

这一夜,都是在老乞丐的咳嗽声中度过的。

马田

马田和巴山并非对铁路上的事情一无所知,虽然他们很少在站内出现。毫无疑问,他们能够从像老贾一样的工作人员那里,得到整个车站的大部分消息。更何况,这几个乞丐已经成为车站的"风景线"了。

所有人对待这群乞丐的原则相差不多:只要不惹出是非,任凭他们去,不过是一群可怜的半大孩子。

对于大猫他们来说,马田、巴山、老贾、小郝是除自己一帮人之外仅有的熟悉的几个人。其他的工作人员,陌生或者脸熟的,他们都不想认识更多。这一点,不光是大猫、二狗、鸭子、羚羊还有阿飞和阿南都存在着默契的共识,他们甚至不希望认识任何一个人,即便是对他们很好的老贾。在他们看来,眼下的日子无拘无束、无忧无虑,自己的一方天地内任意行事都有巨大的快乐，而外面这些人，在他们内心中，是一种说不清的威胁。

其他人又何尝不是这样想的，反正巴山是希望离他们远一些，也希望他们离自己远一些，无奈，他们在车站的活动范围即是自己的管辖范围，没办法不见，可要管起来，又无从下手。但他确实没办法像马田那样对他们每天笑嘻嘻。

和巴山同样态度的还有小郝，他天生对这些来路不明的乞丐厌恶，却没权利干涉，再说这些乞丐也不喜欢他，他巴不得这样，师父的热心肠和自己没半点关系，当一天和尚撞一天钟，为了这些人让师父对自己有看法，不划算。

管辖货运站的警察更是如此，他们很清楚这些乞丐绝不是单纯在货场玩耍的，甚至几次发现他们的鬼鬼祟祟，高兴了就大喊一声吓吓他们充当乐趣。一群乞丐，就是偷又怎么样，货场的火车进进出出，不过停靠些时间便再也不见，货场内部的工人"拿"东西都成了习惯，对于这些事情，他们没那么敏感。

在大猫一干人眼里"好脾气"的马田有自己的无奈。这么多孩子，本该和家人在一起的年纪，偏偏在这受这种苦。他曾想过把他们交给民政部门，又觉得这个年纪的孩子也肯定有自己的想法。若没有提前沟通，怕是弄巧成拙。巴山曾不止一次说过他："你是个警察，不是他们的家长。"

没想到老贾比他们都先着急了，送走老小乞丐之后，老贾就冲进了马田办公室。

"老贾，你说你明年就退休了，还操这些没用的心。"恰在换班的间隙，老贾走进警察办公室，巴山正准备换衣服下班。

"不操心能行？开始是一个，接着两个三个，现在七个，整天在铁路转来转去，真怕出事，昨天又来一老的和一小的。"

"又来俩？"巴山脱了上衣，开始脱裤子。

"早上就走了，我送走了。"

"送哪了？"

"甘肃，父亲带着儿子出来要饭，可怜呐。"

"幸好，那几个孩子还算听话。"一直没吱声的马田说。

老贾坐到沙发上："要说听话还真没什么好操心的，几个娃娃灵的很,隔三差五大鱼大肉的,就是危险,万一出点啥事负不起责任。"

"能出什么事,又没让你负责任,出了事是他们自己的责任。"巴山说。

"他们有责任话不假,咱也不是一点责任没有,看他们一天天喜滋滋的,是要常住。"

"这也是我担心的,这几个孩子,皮啊,说不准哪一天……"马田说出了自己的担心。

"那你说咋办?"巴山打断他的话。

"不行让他们换个地方。"老贾说。

"行啊,你说换哪?"巴山换完了衣服。

"我咋知道换哪,离火车远点就行。"

"行,你去给他们说。"巴山开始擦自己的皮鞋。

"我说啥?"

"换地方,不是你说的吗?"

"换哪?"

"你不说离火车远点吗?"

"那也得有个地方啊。"老贾激动起来。

巴山看老贾表情,口气缓了下来:"老贾,你的意思我明白,能避免出事尽量避免出事,也不是不管,得有个方式方法，这么大孩子，正野的时候，赶走了，再回来，再赶，还回来，总得有个万全之策。"

"找你来就是为了这个。"

"哎呀。"马田锁了锁眉："不好办。"

"好办就不找你了。"

"其实这事啊，说难办也难办，说好办也好办。"

"咋个好办？"

"这样，老贾，你先回去，我一会过去看看，回来再和巴山商量商量。"

老贾想了想，"也只能这样了。"他站起身，"办法你慢慢想，倒也不是着急，就是该操心的还得操心，该重视的还得重视。"

老贾走后没多大一会儿，马田从进站口来到站内，远远看见大猫裙子鸭子在未行驶的货车上绑塑料袋。他们早就看到他了，直到他走近对着他们喊："下来下来。"他们才不情愿地从火车上下来。

"也不知道危险。"裙子刚下来，他就把她拽到一边。

"你咋来了呢？"大猫嬉皮笑脸。

"我怎么不能来，还是不知道什么事能干什么事不能干。"马田边数落他们边拉着裙子的手来到屋子门口，里面空空荡荡:"人呢?"

"啥人?"

"其他人。"

"噢,出去了。"

"去哪了?"

"不知道,可能在街上瞎转。"

"知道我为什么来吗?"马田在屋子转了一圈。

"不知道。"

"自己干的事自己不知道?"

"没干啥……"大猫思索着,忽然愣住了,他故意不去看墙角的煤。

"藏的挺好。"马田的目光盯在煤炭上。

大猫一时不知如何应答,干脆不说话。

"懒得跟你废话,回来跟其他人说,以后不该干的事别干。"

"行。"大猫这句话倒是回答的挺爽快。

"你们待着吧,我把裙子带回去问点事儿。"

"有啥事问我,她啥也不知道。"大猫想拦。

"你啥都知道?"

大猫点点头。

"行,她叫啥?"马田指指裙子。

"裙子。"

"真名。"

大猫不说话。

"还啥都知道。"

马田拉了拉裙子的手,裙子看上去挺高兴。

在候车室内的办公室里，马田帮裙子洗完脸后将她抱在自己腿上。坐在马田腿上的裙子安静乖巧，马田盯着她，脑子忽一阵恍惚，他为什么要将裙子带到办公室内，当然不是为了敷衍大猫的"问点事"，从一个有明显智力障碍的人口中问出的事情自然不算数。看到在火车上绑塑料袋的裙子的时候，他就不自主的产生了将她带回来的冲动。

他很清楚，只是不愿意承认，那一刻，他想到自己的女儿。

马田女儿出生时因为生产过程太长导致脑缺氧，有些明显的智力障碍。十三年前，他还在乘警支队，工作虽经常离家，但对早已习惯上几天休息几天的他和妻子来说，也算不上什么事情。只是他和妻子都没想到，产期不但足足提前了一个月，而且他当时恰巧在颠簸的火车上无法返回……

他知道，妻子多少是有点怨恨他的。孩子出了这么大的事情，回天无力的他能做的也只有承担起这份怨恨。

女儿三岁的时候，他被调至沿线警务区，离家的时间多了起来，最长的时候，他六个星期没有回家。妻子为此辞去了工作，全职照顾起孩子，生活中的琐碎在本来的捉襟见肘中生出恶意。他在家的有限的时间里，争吵成了常态。

两年后，他调至站前派出所的申请批复了下来，也是在这个时候，妻子决意和他离婚，纵使他万般不愿，想改变这一切的时候才意识到自己的无力。同样无法改变的，还有女儿判给妻子的事实。这些年妻子所承受的煎熬已让自己筋疲力尽，她清楚要带着一个天生弱智的女儿继续生活下去，就要树立生活中的坚决，这其中，包含着一份对他的决绝。

他从未再见到过自己的女儿，定期的抚养费是父女间唯一的连接。

马田开始每天喝醉，一天，他鬼使神差走近那个女人的理发店，她异常冷静地看着酒气熏天的他，头发剪到一半，他的呼噜声就响了起来。

她并不讨厌他，一个寂寥的人，能看得见另一个人身上的寂寥。他开始习惯每天下班，到她店里坐坐；她也习惯，将营业时间推迟。他们成了最了解彼此的人，她是想和他在一起的，但她从没逼过他。她自然清楚，他对妻儿的亏欠还在。

除了那天晚上，她喝醉了，跑到他办公室撒酒疯，其实撒到一半，她就后悔了。

马田将思绪抽回，出门打了热水回来，把裙子的鞋脱了，将她的小脚丫放进盆里，入水的刹那，裙子笑起来。马田的双手用力在她脚上揉搓着，脚背、脚后跟、每一个脚趾、脚趾间的每一个缝隙，他的每一次用力，换来的都是裙子爽朗的笑声。这笑声把他带到八年前那个家里，即便与妻子如何吵闹，只要他把女儿的脚放进盆里，女儿忍不住的咯咯大笑就会浇灭一切苦闷，洗脚盆里扑腾出的水，就像是疲惫生活的点滴。

他是想念自己的女儿的，不然不会对裙子有如此情感。就是从裙子出现开始，他对女儿的思念更加强烈，每一次见到裙子，他对女儿的思念就增加一分，他想给她一个女儿应有的温暖和爱，在他自己的意识里，已然把裙子当做了自己的女儿。

清洗干净，他将裙子带到附近的饭馆吃了饭，裙子满足的吞咽让他更加坚定了自己的想法，一个模糊的计划在他心中形成。

他把裙子送到离屋子二三十米远的地方，让她自己进去，屋子里除了羚羊和二狗其他人都在。不用猜也知道，他俩又去了货场，大猫看到她第一句话就是"马田都问你什么了？"

裙子很高兴，高兴得忘了理会大猫的问话，而是在屋子转了一圈，撩起了自己的裙子。

大猫赶紧上前制止，在阿飞和阿南惊讶的眼神中，裙子忽然拉起大猫的手朝自己的乳房上放去。

大猫像触电似地收回了手，阿南笑起来："怕个毛。"

阿飞则看出来其中的不寻常，问裙子："马田都问你什么了？"

裙子看着阿飞笑，没有说话。

"她偶尔不太正常。"大猫帮她说话，也是缓解自己的尴尬。

"我看她挺正常的。"所有人都听得明白，阿南还在讽刺大猫的胆小。

"你啥也不知道。"大猫想结束这番对话。

"应该没事,马田真要想管这事,我们就不会待在这了,这几袋煤早就收走了。"阿飞说出了大猫最担心的问题。

"管也不怕,他不能把咱咋样。"大猫说。

他们确定了马田即便发现了他们偷煤炭也不会管,都放下心来,忽然的轻松使得他们不再关注裙子到底被马田带走后都说了什么。他们又各自躺回床上。

没人知道裙子的真名叫什么,从哪里来,为什么变成现在这个样子,连她自己都不知道。羚羊和二狗确实问过她几次,可她说话断断续续,很难得到什么有用的信息,最后都放弃了对她的追问。

裙子是有名字的,她其实记得安小琳这个名字,只是不觉得这有什么意思。她出生后的一个月被父母丢在了陕西铜川郊区外距离孤儿院一百米的路上,十岁那年,被孤儿院寄养在一个农村家庭,随了人家的姓,改名李小琳。领养他的是一对中年夫妻,十四岁那年,她的"父亲"性侵了她,从那以后,她的行为大变,常常出其不意脱裤子,甚至拉着"父亲"的手抚摸自己,她的"母亲"当然发现了她不寻常的举动,将她退回了孤儿院。

为此，孤儿院将原本定性为中度智障的她改为重度智障。

没过几个月，她又被寄养在另一个家庭。相比上一个，这个家庭对她则是放养式的，除了改名娄小琳，她还在这个家庭度过了最无拘无束的两年。村子里的孩子都叫她傻子，她不以为然，整天在周围几个村子间游荡，碰见她的孩子会对着她扔石头，她感受到了疼，就小步奔跑。类似的恶作剧每天发生，直到有一天，邻村三个年轻人将她骗到镇上的火车站，在停靠的货场车厢内欺负她取乐，火车突然开动，几个年轻人跳下火车，她则吓得哭了起来，直到火车在二百公里外的骇州停靠，她才碰见了大猫他们。

殊途

冤家路窄

麻李

绝活

横祸

成家

立冬

拉扯

取暖

冤家路窄

他们不再去钓鱼了,几天下来,他们已经腻了。再好玩的事情也不能天天玩,何况他们每次都把鱼弄得一团糟,吃也没法吃。只是屋子存的东西吃完了,每个人身上也找不出来一分钱,他们还得回归各自的"老本行"。

大猫还是带着鸭子和裙子上街乞讨,他们早不用哭喊的方式了,而是花了二十元打印了一张"广告",上面只有大大的两行字:父母双亡,带弟弟妹妹要饭。这两句话是打印店的人帮他们想的,大猫觉得写得不够好,但也实在想不出其他能说的。鸭子和裙子并不是很喜欢这种做法,少了哭闹,俩人都觉得乞讨变得没意思,大猫却怪他们傻:"哭这么久,嗓子都哭哑了,累得慌。"

自从有了这张广告,他们甚至碰见了驱赶他们的其他乞丐，大猫从不和他们正面交锋，他们的年纪都比自己大，打架吃亏。只要他们来，他就把"广告"收起来，带着鸭子和裙子离开。

阿飞和阿南有几次在街上看见过他们，两个人从不上去打招呼，生怕大猫看见自己，远远走开。他们才不想大猫觉得他们一天啥事也不干，净在街上瞎转。

羚羊和二狗还是老办法，他们准备去"禁区"偷铁块。

他们在货运站待到后半夜，还没来得及动手，就看到了另外四个身影偷偷摸摸进了仓库。等他们一人搬着一块铁从仓库里出来的时候，羚羊看清了，是瘸子和他的三个弟弟。

"那个人就是白脸？"二狗藏在火车后面指着最后面那个人说。

羚羊点点头："坏了，别让他们看见咱，看见就麻烦了。"

"会不会揍咱？"

"揍都是小事，万一想起来入帮的事，以后咱就得给他们偷东西了。"

"那咋办？"

"回去，告诉你哥。"

"日他娘,在咱地盘上偷东西。"大猫十分激动。虽然他知道有其他人在货运站偷铁,可毕竟没见过,既然见了,他内心就无法容忍其他人的行为。在他看来,铁路已经是自己的地盘,自己人在自己地盘上偷东西是一回事,外人是另一回事。

"你也就自己人面前嘚瑟,又打不过人家。"羚羊看不惯大猫拿自己当回事的样子。

"你打得过?上次是谁,吓得跟龟孙一样。"大猫反驳。

"那你说咋办?"

"我咋知道咋办。"

"不用打,我有办法。"阿飞得意地冲着大猫和羚羊。

"啥办法?"几个人异口同声。

"简单,跟着他们,他们偷铁,咱们偷他们。"

第二天晚上,所有人都来到货运站,藏在仓库的侧面,他们连等了两天。第三天晚上,就在所有人靠在墙边要睡着的时候,有四个身影悄悄地打开了仓库的门。很快,他们每人抱着一块哈密瓜大小的铁块吃力地走出来,阿飞叫醒其他人,让他们在原地盯着,自己和大猫则悄悄地跟了上去。过了一会儿，那四个身影又回到仓库，一人抱着一块铁块出来的时候，阿飞和大猫也回来了，轻声对其他几个人说："知道地方了。"

当那四个身影第三次从仓库出来的时候，阿飞带着所有人悄悄跟在他们后面，尽管如此小心，阿飞还是被他们发现了。

"又是你们。"瘸子放下铁块，其他三个人也跟着把铁块放下，阿飞和阿南这下看清楚了，他们年龄的确要大得多。

"这有啥，我们每天都在这。"大猫搓着双手。

"正好，你们也是帮会的，一起拿。"瘸子说。

"俺们不偷东西。"二狗说。

长毛放下铁块，一脚踹在二狗肚子上："谁他妈偷东西了。"

"疼。"二狗倒在地上，都快哭了。

其他几个人也吓住了，他们看着被踹倒在地上的二狗，都不知道该怎么办了，只有羚羊，转身就朝后面跑。

"操。"瘸子喊了一声，几个人同时把铁块放在地上："抓住他。"几个身影朝羚羊跑的方向追了过去。

阿飞和阿南把二狗扶起来，大猫说："咱们先走。"

"羚羊呢？"阿飞问。

"别管他了，咱们打不过。"

几个人相互看了看，朝门口跑。

跑到门口的时候，他们看到后面有人摇晃着手电。

"坏了，警察，快点。"大猫催促着其他人赶紧从门下钻出去。

紧接着那四个身影就跑了过来，其中一个身影刚钻到门下，警察就跟了上来。

大猫等人被带到公安值班室，羚羊正坐在值班室的沙发上。

"谁让你坐的，起来。"其中一个警察对羚羊说，"你们，蹲成一排。"

羚羊起来和大猫他们蹲在一起，警察问："跑的那个叫什么？"

没人说话。

"你说。"警察踢了大猫一脚。

"不知道，是他们一伙的。"大猫指了指那三个身影。

"你们，谁和谁一伙？"

大猫指了指二狗，鸭子，羚羊，裙子，阿飞和阿南。

"你们是一伙的？"警察对着剩下的三个人问，这三个大猫他们都见过，瘸子、长毛和蛋蛋。

三个人点点头。

"你们，蹲到这边来。"警察指了指三个影子，示意他们蹲到屋子另一侧。

警察拿起桌子上的电话："老方，抓住一群小偷，你过来看看。"

放下电话，警察把其中一个身影揪起来，问："东西呢？"

身影迟疑了一下，"外面。"

"带我去。"说着就把他揪了出去。

不一会儿两人回来，一个警察对其他两个警察说："二号仓库南边，四块面包铁，把它们搬到这来。"

俩人跑了两趟才把铁块放在了公安值班室的角落里："小屁孩，挺有劲啊。"

"不是我们偷的，是他们。"大猫站起来说。

"问你了吗？蹲下。"警察打断他。

不一会儿，又有三个警察出现在值班室，一个警察把旁边两个房子的门打开，对着带头的警察耳语了几句，随后一个警察把其中一个身影带到一个房子，一个警察把大猫带到另一个房子，其他几个人依然蹲在地上。

　　天亮的时候，大猫被警察带回来，"哪些是你的人？"
　　大猫指了指二狗一排。
　　"走吧。"
　　一群人如获大赦，就在此时，门被推开，一个声音喊道："谁抓我儿子？"
　　进来的是一个女人，后面跟着一个男人，瘸子朝他喊："谁叫你回来的？"
　　大猫明白了，这个男人就是刚才跑掉的那个老四白脸，虽然他长得并不白。女人身上脏兮兮的，头发散乱，外人看上去，很容易误解她是大猫他们的家人。
　　一个警察问："你是谁？"
　　女人没有理他，冲到墙边把两个身影扶起来："老二呢？"
　　"隔壁。"
　　"干嘛抓我儿子？"女人喊道。
　　"你是谁？哪个是你儿子。"
　　"这几个都是我儿子，我是他们的妈。"
　　"这几个也是？"警察指着大猫他们。

女人看了眼大猫他们,摇了摇头,指着那两个身影:"这两个是。"

"你儿子偷东西你知道吗?"

"我儿子咋可能偷东西,偷啥东西了?"

警察指了指墙角的铁块。

"破铜烂铁,谁稀罕?"女人说。

"有人看见了,就是你的儿子们偷的。"

"谁看见了?"

"我看见了。"大猫说。

"你是谁?你说看见就看见了?"

"我也看见了。"二狗紧接着说。

"一群要饭的。"女人不屑地说,然后转向警察,"这几个要饭的话能听吗?"

"那你自己问问你的儿子。"警察说。

"不用问,我的儿子我自己知道。"

"大婶,没事就回家待着,别在这添乱。"大猫说。

"说谁呢?"老三站起来走近大猫,大猫急忙躲到警察身后。

"老实点,隔壁那个也是你儿子?"警察问女人。

"对,你们把他带哪去了?"女人上来抓住警察的手。

警察甩开她的手:"你跟我来看看。"

不一会儿,就听见大喊大叫的声音,等警察把女人带回来的时候,女人脸上流着泪:"他们是孩子,不懂事。"

"我们才是孩子呢。"二狗翻着白眼。

"这个世界上,所有的人都在欺负我们。"女人依然流泪不止。

"我们只是秉公办事。"警察纠正道。

"我要把他们带走,我们回家。"女人拉起旁边的两个儿子。

警察拦住他。

"你们就打算这么对我?我们吃尽了所有的苦,所有的苦。"女人一字字说,哭的更凶了。

"谁不是吃尽了所有的苦。"二狗喃喃。

"你们也欺负我?"女人恶狠狠地瞪着二狗。

"赶紧滚蛋。"警察指着二狗。

"他们凭啥走?"女人说。

二狗和警察没理会他。大猫打开门,准备往外走的时候,女人带着哭声大喊起来:"凭啥放他们走?"说着就把自己的脑袋往墙上撞。

大猫他们以迅雷不及掩耳之势跑了出来。

此时的值班室充满了女人的尖叫。

路上,大猫和大家商量了一下,对二狗说:"去找铁王。"其他人跟着大猫走出货运站,朝相反的方向走去,远离铁轨之后,在一个土坡旁边停了下来:"我们在这儿等二狗。"

"铁王是谁?"阿飞阿南问。

"等会就知道了。"大猫和其他几个人靠在土坡上。

等了很长时间,二狗回来了,同时来的铁王,骑着一辆破烂不堪的机动三轮车,二狗就坐在三轮车的车斗里。

大猫用手在土坡的一侧挖着,一会就露出一块铁块:"帮忙拿出来。"

数了数,一共八块。

麻李

事情过去了快一个月，当他们快要把这件事情忘记的时候，一大早，突然有人找上门来。

"小王八羔子，脑子挺好使啊。"屋里几个人被来人吵醒，迷迷糊糊认出来人正是前不久在铁轨上和他们发生冲突的麻李。他依然是之前的装扮，头戴破帽，身上穿着补了无数次已成褴褛的烂衣，背着同样成褴褛的烂包。

几个人还是吓了一跳，阿飞和阿南从没见过这么像乞丐的乞丐，搞不清状况，一头雾水。大猫和羚羊几个人最先想到的是，麻李肯定是因为瘸子的事情找他们麻烦来了。

"你谁啊，找我们啥事儿？"大猫假装不认识他。

"不认识我了？不算事。是你们找人把瘸子他们逮起来了吧?"他挡在门口,遮住了大片阳光。

"他们自己偷东西被逮,和我们有啥关系?"大猫争辩。

"他们偷是他们的事,你们要不是也去偷,能碰上?"他的声音透出笑。

"你哪只眼睛看见我们偷了?"阿飞不认识麻李,话刚一出口,被羚羊拦了下来,示意他不要说话。

"还是你懂规矩。"麻李指了指羚羊,"你们几个办事不地道,当初入帮是你们亲口答应的,现在把当家坑了进了局子,坏了规矩,找死。"

阿飞看了一眼阿南,俩人就止不住笑起来:"这人哪来的?有病吧。"

羚羊还是谨慎地朝他们使了个眼神,没说话。

"反正俺们没偷东西。"二狗抢道。

"我们只要饭,从不偷东西。"大猫死都不认。

"行,讲究。"麻李说着进了屋子,没有了阻挡,屋子立刻亮了起来,"穷家行干的就是死捻子的事儿,活捻子,没出息。"

所谓穷家行,自然指要饭的,这个所有人都听得懂。

死捻子就是光明正大要饭的,活捻子恰恰相反,以偷盗为主。麻李属于前一种,在他看来,偷盗之流不是穷家行的正经营生,在他内心是看不起的。

大猫豁然开朗,表示同意麻李的观点,瞥了一眼羚羊:"我说的吧。"

羚羊没接,问麻李:"你们不一伙的吗?"

麻李没急着回答他的问题,目光在裙子身上打转。裙子坐在床上,呆呆地望着他,他几步走到裙子床前坐了下来:"一个帮派鱼龙混杂,干啥的都有,其中,主要是死捻子,活捻子寥寥,哎,现在差不多要反过来了。死捻子里,有本事的是花搭子、武搭子。花搭子走街串巷唱快板,靠的是脑子,是上等乞丐;武搭子行武卖艺,靠的是身体,是中等乞丐;最没本事的,就是见谁跟谁要的叫街,下等。"

几个人都想到了大猫干的事,包括大猫自己也想到了自己,他受不了麻李的理论:"只要不偷不抢,干啥都不丢人,没啥三六九等。"

"没人嫌你丢人,术业有专攻,有多大能力吃多少碗饭。别以为你在街上干的事我不知道,按规矩来说,入了帮要的钱有一成就得给我,没找你要是给你留着脸呢。"

麻李伸手抠了抠鼻子，羚羊看到他右手小臂上文着一条"龙"，手指头这么长，弯弯曲曲，其实更像一条虫。

"凭啥给你啊？"大猫不服。

"这是规矩。帮里除了瘸子四兄弟，属我最大，下面的捻子都要给我进贡，否则就没法在我的地盘上要饭，从今天开始，你们归我管，不管你们偷的要的，都要拿出一成给我。"

"我们偏不给呢？"从进门开始，阿飞对他就有一种说不出的厌恶。

"别以为我真的看上你们那点钱，就你们，合起伙来干一个星期都不如我一个人干一天。凡事有个规矩，穷家行有穷家行的规矩，小的给大的进贡，天经地义。我下面二十多个人你们打得过？瘸子不可能在里面待一辈子，你们打得过？"

麻李后面那句话正中一群人的软肋，这也是这两天他们一直担心的。偷这点东西，瘸子他们能关多久他们不知道，但可以肯定的是一定不会太久，他们出来一定会报复。顾不上想这么多，大猫倒是纠结麻李竟然说他们合伙都不如他一个人挣得多，他不会相信，也不可能相信，甩了麻李一句："我们天天吃鸡。"

"天下要饭虽是一家，但多要多吃少要少吃没人敢有半句反对，无论多少，这里面还是有规矩俩字，无规矩不成方圆，无规矩穷家行就乱了。不守规矩，到时候不用我收拾你，别人也会收拾你。"麻李不紧不慢。

有了麻李这番话，连不怕他的阿飞和阿南都有所忌惮，虽然不知道麻李说的是真是假，从他的举手投足间看不出半点吹牛的痕迹。其他人则是相信的，羚羊早知道他们管着这一片的乞丐。大猫和二狗最担心和害怕的，还是瘸子几个人，在他们心里，瘸子几个人出来之后找他们算账是免不了的，大猫甚至开始后悔当初做的那个决定。

屋子里的气氛马上凝结了，几个人大气都不敢出，除了必要的担心，他们不知道麻李今天来的目的是什么。他是一个人来的，当麻李在裙子睡的床边坐下后，他们都出去看过，铁路上确实没有其他乞丐。他既然敢一个人来，就有一个人来的道理。为了报复？不像，他随便带几个人来把他们打一顿不成问题。为了要钱？不像，他明明说了自己看不上他们那点钱。

"给你们明说了，想要在这片地盘继续混，就得加入我。"麻李看出了他的担心和害怕。

"上回不是已经入帮了吗？"羚羊解释。

"上回不算，瘸子他们压根儿没当回事，我看得出来，你们也不诚心，收服你们几个，没我不行。"

麻李来的目的，如他所说，就是让他们彻底服从自己。在他心中，一直存有帮派的念想，不过这念想和大猫他们不同，一是乞丐扎堆才能最大化保证生存，最主要是保证自己的生存。二是他的观念使然，从小在外乞讨的经历让他坚信"帮派"模式才是最正宗的乞丐模式。

麻李是地地道道的山东菏泽县麻家乡人，麻家乡是全县最贫困的乡，麻李父母双亡，一个人好吃懒做十里八村小有名气。他怎么都没想到，竟有人来到远近闻名的穷乡僻壤乞讨，乞讨者就是麻李后来的师父。

麻李当时不过二十左右，眼见这位乞讨者头戴破帽，身上的衣服补了又补，却巧舌如簧。凭一副竹板，可把任何事物瞬间编成歌谣脱口而出，他甚至觉得这是他听过的最悦耳的声音。

他跟着乞丐转了一个下午，傍晚饭点，乞丐在全乡仅有的一家饭馆停驻，招呼他过去，要了三个热菜，一个凉菜，一瓶大曲酒，一顿酒下来，麻李迷迷糊糊就跟着乞丐到了安徽。

从安徽到湖北再到湖南江西，一年下来，麻李学会了乞丐的绝活——莲花落，乞丐也成了他的师父。有了这套绝活，跟着师父走南闯北，吃饭并不是问题，何况几乎在每个城市，师父都有认识的乞丐，这才让他意识到，丐帮，并不是一个传说中莫须有的组织。

麻李所见的丐帮，和自己想象的完全不同，结构松散。他见过几个像回事的，最上面是丐头，多是身强体壮的中年男子，行事蛮横，管得了人。下面的人多为偷盗，少数路边乞讨，每日上交份钱，人数不过二三十人。师父看不起这些无"看家本领"之人，时间久了，他也继承了师父的观点。

他四十岁那年，师父和他告别，回了河北孟县老家归根。他一人上路，各个省市县城之间晃荡，加入过几个帮派，时间皆不长。但走的时间长了，稍停下来还是使他不习惯，慢慢就养成了在一个地方待几个月然后转换阵地的行事方式。

在骇州碰见瘸子四兄弟，是在四兄弟同乡母亲的葬礼上。同乡姓高，在二百里外的榆林和人合伙开了一家煤矿，母亲去世，自己订了花圈上百，迎接花圈的唢呐吹遍整个县城。麻李顺藤摸瓜趁午饭来到葬礼上，几段莲花落下来，句句说到高姓老板心里，又觉得连乞丐都为母亲送丧，脸上有光，一高兴甩了麻李一千大元。

前来蹭吃喝的瘸子四兄弟见此情景起了恶意，放下碗筷，在几百米之外截住了麻李，麻李心明，一千元如数上交，还另寻酒楼请四兄弟吃了大餐。餐桌上，得知的情况和麻李猜中不差一二，便怂恿兄弟四人整日混日子不如干点挣钱的营生。于是以四兄弟为首，麻李居次的"丐帮"就此形成。

四兄弟虽是"丐头"，主要事务其实是麻李负责，麻李不过借四兄弟的势力——唬得住其他乞丐。除了定期拿钱，四兄弟仍旧干些擅长的坑蒙偷骗，三个月时间，手下的乞丐有二十二人，有一半的乞丐，以偷为生。正是有了这些人，四兄弟才觉得麻李的主意可取。

四兄弟上有一母，精神常有问题，四个儿子不怎么管她，任她住在败落的老房子里，饥一顿饱一顿凑合活着。而每月下面人进贡给瘸子的，就超过一千。

绝活

大猫不肯被麻李说服,最终,一伙人和麻李的矛盾停留在他们一伙人干一个星期不如麻李一个人一天挣得多上面,为了服众,麻李决定让他们"开开眼"。

一伙人跟着麻李来到整个县城最繁华的大街上,一个老乞丐带着一群小乞丐确实吸引了路人的目光,麻李寻了一块空地,对他们说:"就这吧。"

就从身上背的口袋里面掏出两块月牙形的碎碗片,麻李捏在手里,手指轻微晃动,两块碎片相互碰撞,发出有节奏的叮铃声。声音的节奏越来越强烈,路人好奇,纷纷站定,麻李这才开了口:

竹板一打哗啦啦啦,麻李要饭离开了家

上过山,受过寒,乌苏里江下过河滩

有过钱,犯过难,三亩薄田里流过汗
如今我来到骇州县,看到诸位我笑开颜
问我为啥这么高兴,诸位如同亲人一般
有我哥我姐和我嫂,亲叔大爷姑奶奶
看我哥,风度翩,八尺大个一眼看见
看我姐,眉眼宽,追她的男人有三千
看我嫂,多富态,大金的耳环身上戴
俺叔膀大腰又圆,一看生意做得专
大爷气质真威严,公文包在腰里端
姑奶老当又益壮,身体健康活百年
这位大姐你别走,夸你两句别嫌烦
要说麻李为哪般,好人心多给口饭
想我也是富家男,亲人疼,父母惯,打小不愁吃和穿
中道家境落了难,母亲病,父归天,一个家庭塌了天
为母看病卖了田,一个初中没上完
打工竟被朋友骗,钱包也被贼人惦
日子过得不是味,酸甜苦辣还有咸
风霜雨雪打在脸,曾经也把泪流干
衣不蔽体无人管,无奈选择要了饭
各位看官行行好,给个十块八毛钱

一毛两毛不嫌少，一块两块不嫌贱

三块四块吃顿饭，五块六块买盒烟

七块八块添一添，给个十块够一天

……

一番唱词下来，大猫一伙人除了目瞪口呆，裙子更是高兴地拍手。自从大猫用"广告"代替了哭闹，裙子很少这么开心过了。路人的兴致却没有他们的高，虽然围观的人越来越多了，却毫无"表示"，麻李似乎并不着急，继续唱：

富在深山有远亲，穷在闹市无人问

画龙画虎难画骨，知人知面不知心

将你心，比我心，待己之心来待人

美不美，故乡水，亲不亲，可怜的人

钱如粪土，心不明，善心才能值千金

远水难，救近火，远亲不如有近邻

近邻不如陌生人，你我相逢是缘分

有缘千里来相会，无缘对面不相逢

茫茫四海人无数，无人舍得给一分

……

唱到这，麻李才伸出手，围观前排有的给了钱，大猫他们看得清楚，一块的、五块的、十块的、二十的都有，不想给钱的人则退到了后排，或者一走了之。大猫看着麻李手中的钱，尽量掩盖自己的神色。麻李没有停下来的意思，把钱放进口袋：

人情似纸张张薄，人心似雾看不清

山中尚且有直树，我的面前无直人

世态炎凉如饮水，事不关己不劳心

人生只会量人短，何不回头把自量

一毫之恶，劝莫作，一毫之善，与人方便

善为至宝深深用，心作良田世世耕

江湖都是薄命人，能给一分是一分

……

仍然继续有人给钱，收够了钱，麻李不再恋战，转身来到身后的水果店，跟在他身后的除了大猫一伙人，还有不少刚刚的围观者：

竹板一打哗啦啦，麻李来到水果店

这水果，真是鲜，瓜果梨桃样样全

这水果，真好看，赤橙黄绿似画卷

葡萄透亮似玛瑙，放到嘴里不吐皮

苹果最受人喜欢，又脆又甜百吃不厌

蜜桃本是天上宴,有营养,价值高,王母娘娘最喜欢

看着西瓜大又圆,切开后,咬一口,从嘴到心全是甜

……

未等麻李唱完,老板娘早已按捺不住,站在店门口居高临下瞥着麻李,没好气驱赶他:"去去去,别耽误我生意,有手有脚干什么不好……"老板娘话没说完,麻李手中的碗片立马响了起来:

这位大姐莫生气,气坏身子不合理

我姓麻单名一个李,上街要饭不容易

……

老板娘哪还允许他唱完,抄起手边的甘蔗做出要打的架势,嘴里不停唠叨着:"我辛苦挣的钱,几句话就给你?"麻李非但不躲不跑不生气,手里的碗片也没停:

大姐真是好脾气,还没唱完就着急

给我甘蔗我高兴,要是打我我生气

店面一开几十万,打我一人不划算

打伤我好住医院,没有三万咱没完

出院我再上法院,几年生意全玩完

……

老板娘怎能真的动手,遇见如此厚脸没皮的人,想也

是没法来硬的。麻李的唱词她听得一清二楚，权衡之余，她放下手里的甘蔗，顺手拿起旁边箱子里的苹果递给麻李："给你个苹果，快走吧。"

麻李接过苹果，没半点要走之意，手里的碗片又响起来：

大姐人好心底善，一个苹果咱不嫌
心不善，富难久，为富不仁不如狗
朱门还有酒肉臭，路边就有冻死骨
国家发扬做慈善，党和人民心相伴
你要把我来捐献，国家让你做模范
……

人群中终于爆发出掌声，连大猫一伙人也禁不住跟着大家一起鼓掌。随着掌声一起出现的，还有一个胖子，他把老板娘拉到一边，对麻李，似乎更是对围观的人说："唱几句好听的，这一百给你。"显然，真正的老板是他。麻李没犹豫，碗片继续响，他继续唱：

大哥既然开了口，我一遍一遍不嫌烦
这位大哥真直爽，脸上总是笑不断
这位大哥真不孬，给我一百不用找
大哥挣钱真不少，大哥生意步步高

今天一见嫂子面，有个误会你别嫌
你也知道挣钱难，何况一人来要饭
不计前嫌人长寿，胸怀广阔把我怜
大哥大嫂感情好，东家长，西家短，一拉就是一整天
大哥大嫂性格好，不吵架，净欢笑，相守一生携手老
大哥大嫂好幸福，在地恩爱又和睦，在天愿作比翼鸟
祝大哥万事又如意，大嫂年轻又美丽

碗片终止的时候，人群再次爆发出掌声，胖老板没有食言，把手里的一百块钱塞进麻李手中。麻李接过钱顺带碗片一块放进包里准备离开，"散了，都散了吧。"胖老板朝大家喊着。大家并没有散去，依然跟着麻李走，麻李没有阻拦，过了一条街，人群才渐渐散去。他找了角落，从包里把钱取出来给大猫他们数，一共二百八十元。

其实不用数，在麻李收钱的时候，大猫已经在心里数下了，他早在心里算了一笔账，按自己目前的乞讨办法，这差不多是他一个月的成果，佩服是有的，不过他还是不想承认，他把钱交回麻李，不再说话。

麻李假装看不见，挥舞着手中的钱："请你搓一顿。"

大猫感觉受到莫大的耻辱，憋在心中的情绪终于爆发："不吃。"扔完这句话径自走开。二狗毫不犹豫跟了上

去。剩下的人中,阿飞看了一眼阿南,打着哈哈说:"你们去吧,我们也不去了。"拉着阿南也朝大猫的方向走去。

"他们不去,咱们去。"

市场上，麻李买了一只鸡、一只鸭子、一盒卤好的肉，一瓶白酒，花了不到一百块，让羚羊和鸭子提着，带着裙子来到自己的住处。

麻李住在城中村里一座老式居民楼的后面，独门独院的房子，进院当中一棵槐树，正面一间屋，侧面一间屋。侧面的屋子堆满了杂物，走进正屋，除了正对门两把太师椅和当中一张八仙桌，墙边只有一张床。麻李没有说这些东西都是房东的，也没有说这是瘸子帮他租的，每月的租金只有八十元。他让羚羊和鸭子把买来的东西放在桌子上，转身从旁边的柜子拿出碗筷："随便坐。"

只有两把椅子，鸭子想也没想就坐在其中一把上面，羚羊识趣，让麻李坐在另一把上面，麻李看看站着的羚羊和裙子，笑了笑："打开，吃。"

麻李给每个人倒了酒，他们顾不上，麻李就看着他们狼吞虎咽。羚羊和裙子丝毫不在意站着，麻李小口抿着碗里的酒,等他们喘气的功夫,开口问:"好吃吗?"其他人点头,麻李接着说:"想好以后跟着我了吗?"

鸭子依然点头,裙子似乎没听懂,只有羚羊,看了一眼麻李,低头继续吃。"想好还是没想好?"麻李盯着羚羊。

羚羊还是不说话。

"鱼有鱼头,蛇有蛇精,蚂蚁有主,蜜蜂有王,咱们这些人也得有个窝,看看我这,再看看你们那,你们那叫窝吗?跟着我,天天这么吃。"

"跟着你都能干嘛?"羚羊想了半天,问出一句。

"一人给我磕三个头,认我做师父,我这身讨饭的手艺全都交给你们,保你们一辈子不挨饿。"

羚羊还没来得及接话,裙子倒是先笑起来,模仿碗片碰撞的声音,鸭子擦擦嘴,也露出笑容。"磕吧,一人三个,从你开始。"麻李指了指羚羊,羚羊无动于衷。

"想反悔?"

"我偷东西在行,要饭不在行。"

"谁生下来就会要饭?告诉过你们,活捻子不正宗。"

羚羊不为所动。

"拜了师,旁边那间屋就给你们住。"麻李抿了一口酒,拿眼角的余光看羚羊,发现羚羊也在看他。"是不是看不起要饭的?"麻李把酒放下,"我走南闯北这么多年,没见过哪个活捻子靠偷长久的。"

"我以后不打算要饭。"羚羊还是说出了自己的真实想法。麻李不经意间发出一声轻蔑的"哼",凝视着羚羊:"你以为你是朱元璋?阴沟里的石头也能成香饽饽?"

羚羊知道朱元璋,更知道天将降大任于斯人,必先苦其心志,饿其体肤。在羚羊看来人人生而平等,现在的境遇,只不过是暂时的,打心底他就没把自己当成和大猫他们一样的人,更不用说麻李这种做了一辈子乞丐的人。

羚羊心思,麻李猜出十之八九,便改变了话锋:"别看不起要饭的,能够出卖尊严获得生存是本事,何况咱还是有真本事的人,我这都不算啥,袁世凯知道吧,想当年,要不是我师爷,他连皇帝都当不上……"

"你师爷是官?"羚羊插话。

"要饭的。要饭的怎么了,袁世凯当皇帝,多少人不同意,但光说没用,得投票,谁的票多谁就能当皇帝,袁世凯专门求到我师爷,为啥求我师爷呢,我师爷和我一样,丐帮管事的,他同意了,帮主就同意,丐帮上上下下就得投票,结果赞成票多出一百多,我们丐帮正好一百多人,你说是不是多亏了我师爷。"

"说的这么厉害,不还是个乞丐。"

麻李看羚羊决意反抗,一时无语,一杯酒下肚,便对着鸭子和裙子说:"你俩愿意吧?"

"愿意。"谁也没想到是裙子磕磕巴巴从嘴里说出这两个字,鸭子紧接着看了看羚羊,羚羊回避他的目光,表示不爱搭理他,见羚羊此反应,鸭子微微点了点头。

"不是我们的人,你走吧。"麻李见鸭子和裙子同意,立即对羚羊甩手。

"叛徒。"羚羊头也没回。

鸭子和裙子各给麻李磕了三个头,麻李让他们把碗里的酒喝完,鸭子喝了一口表示难喝,裙子倒显得比鸭子聪明,看鸭子的样子决定不喝。麻李不在乎这些,从背包里拿出碗片,对鸭子说:"来一段试试。"节奏声就响了起来。

鸭子不知道说什么,也不知如何说,"你呢?"问到裙子,她只是笑。"教你一首唐诗,我说一句你说一句。朝辞白帝彩云间。"

"朝辞白帝彩云间。"鸭子学他说一句。

"千里江陵一日还。"

"千里江陵一日还。"

"两岸猿声啼不住。"

"两岸猿声啼不住。"

"轻舟已过万重山。"

"轻舟已过万重山。"

"好,现在我说一句,你后面都跟一句'大爷大妈给点钱',懂不?"

鸭子点点头。

"朝辞白帝彩云间。"

"大爷大妈给点钱。"

"好,继续,千里江陵一日还。"

"大爷大妈给点钱。"

"两岸猿声啼不住。"

"大爷大妈给点钱。"

"轻舟已过万重山。"

"大爷大妈给点钱。"

嬉闹了一会儿,鸭子的肚子已吃不下任何东西,麻李就借机把裙子拉倒自己跟前,一手搂着她,一手端着碗喝酒。看裙子并不反抗,他的手伸进裙子衣服内,揉搓了一会，他让鸭子去院子待着，随便掩了门，便把裙子抱到了床上。

从虚掩的门里向里望，只看得到裙子和麻李的双腿叠在一起，鸭子打开门，看见麻李的屁股在裙子身上扭动，随着几声粗叫，麻李突然泄气趴在裙子身上。

麻李站起来回头的时候，看到观望的鸭子，他并未在意，高兴地对鸭子说："回去跟他们说一声，你俩明天搬到我这来。"

横祸

鸭子和裙子回到铁路上的时候，发现大猫一群人正盯着一个赤身裸体的疯女人，他马上忘记了要告诉他们刚才麻李对裙子做的事情，大猫他们也因将注意力集中在疯女人身上，对他们不理会。

疯女人身上脏乎乎的，朝着行驶过的火车大喊大叫。

"我认识她。"

几个人正盯着疯女人看，被大猫一喊，全都转过头来。

"想不起来了？"大猫说，"货场公安值班室，瘸子他娘。"

其他人立即明白过来："咋变成了这个样子？"阿飞说。

"一定是他那几个儿子被关了起来，她无依无靠了。"二狗说。

"她的胸可真大啊。"羚羊目不转睛地盯着她。

"看你那点出息。"阿飞说着,眼睛却同样盯在她身上。

就在这时,老贾带着小郝朝大猫走了过来,"你们几个小子,看啥呢?"

"看裸女。"二狗指了指她,她仍在大喊大叫。

"你们认识她吗?"

大猫摇摇头:"谁会认识这种疯子。"

"她在这里多长时间了?"

"有一会了。"

"看没看见她从哪边过来?"

"没看见,俺们看到她的时候,她已经在这里了。"

老贾和小郝也盯着她看了一会儿,老贾对小郝说:"得把她赶走,这样太危险了。"然后转过头对大猫说:"你们几个,把她赶走。"

大猫摇摇头:"我们才不干呢,我们不和疯子打交道。"

"你们几个没良心的小乞丐。"小郝说着就朝她走了过去。

他们看到小郝走到她面前说着什么,她就开始哈哈大笑,然后又朝他大喊大叫,不让小郝靠近她,小郝回来对着老贾摇摇头。"看来他们不是对手。"二狗说。

"该咱们出马了。"大猫话音刚落,羚羊紧接着说:"走,过去看看。"

她看到他们走过来,远远地就朝他们大喊大叫,走近也听不清她到底在喊什么。

"认识俺们吗?"二狗说。

她愣了一会,笑起来,声音越来越大。

"她会不会是装的?"阿飞小声说。

"问你呢,你认不认识我们?"大猫大声问道。

她往后退了一步,脸上露出惊恐的表情。他们看到她脚上连鞋都没穿,浑身上下都是污垢,腿上还有几处伤口。"她害怕你。"羚羊说着,向前一步,一把摸到她胸上,她躲了一下,对着羚羊哈哈大笑起来。

"看来她喜欢这样。"羚羊把手重新摸到她胸上,她这次没有躲,而是把自己的一只手放在自己另一个胸上。羚羊用力捏了一下,她马上对着羚羊大喊大叫起来,吓得所有人都往后退了一步。

阿飞把羚羊扯到身后,瞪了他一眼。

"砸她,拿石头砸她。"二狗说着,捡起地上的石子就朝她砸过去。

羚羊和鸭子也拿起石子,她边后退边用手挡着,石子还是落到了她的腿上、胳膊上、肚子上,她转过身,石子又落在她的背上。

"别扔了,这样没意思。"大猫制止了他们,"把她赶走,这可是咱们的地盘。"说着,捡起几个石子拿在手里,走近她,把石子扔在她脚边,"快走,这不是你待的地方。"

她一步步朝后退去。

"那是什么东西?"二狗说。

没有人回答他,只有大猫还在捡地上的石子,朝她脚步扔过去,嘴里不停的喊着:"快走,快走。"阿南过去拍了拍大猫,"要不,就让她在这待着吧,咱们别管了。"

"不行,她和咱们不是一伙的。"大猫继续朝她扔着石子。"她是个疯子,赶走一个疯子不算本事。"阿飞说。

"算了。"大猫拍了拍手,"啥都听不明白。"

傍晚的时候,老贾走到她身边,递给她几个包子,她没要,老贾把包子放在地上,等他一走,她拿起包子吃了起来。老贾朝大猫他们走过来,对大猫说:"你们要么赶走她,要么养着她。"说完就转身离去。

"才不呢。"大猫朝老贾喊。

晚上，她就睡在大猫他们对面的草垛中。二狗对此很不满意："咱们没地方烤鱼了。"

白天的时候，她就在周围游荡，捡地上的垃圾，不论什么垃圾，她都要放进嘴里尝一尝。她成了新的风景线，鸭子因此忘记了答应麻李的事。至于裙子，她更没放在心上。

他们也习惯了，只要她不靠近他们的屋子，大猫什么也不会说。老贾还是会偶尔给她点吃的，隔着很远，拿着东西在她眼前晃一晃，等她看见之后，就把吃的放在地上。

有时候，即便是不烤鱼或者做其他事情，大猫也会在草垛旁边点火。他们走过去之后，她就会远远走开，他们烤火的时候，她就在很远的地方看着，一动不动。等大猫他们走后，她就会走到火堆旁，用力吹一吹几乎熄灭的火焰。

羚羊说，有一次他见过一列火车撞死了一条狗，狗飞出去十几米远，当场就死了。他还说，在前面的道口，他见过火车撞上过一辆卡车，火车靠近的时候，卡车的车斗还在铁轨上，老远就能听到火车刹车的声音，可还是撞了上去。

但他从没见过火车撞死人。

直到他听见火车急速的刹车声,刚看过去,就听见一声闷响,一个身影就在火车前倒下,被火车推出好几米,直到火车停下来,他才反应过来,那个被撞的人就是疯女人。

他睁大了眼睛,发现所有的人都在朝火车停下的方向看去。他们看到从火车头上下来两个司机,费了好大力从火车下把疯女人拉出来,扔在铁轨旁,回到火车上,火车重新开动。他们急忙跑过去,疯女人脸上身上都是血,已经看不出样子。血从脑袋里流出来,流到脸上,流到鼻孔里,流到嘴里,又被吐出来。

裙子一下就哭了出来,二狗指着那张变形的脸说:"你们看,她还在喘气。"他们看到她的确在喘气,喘得很快,血不断地流进嘴里又被吐出来。脑袋已经被撞开了,露出白花花的脑浆,和血混在一起,羚羊转身吐了起来,紧接着所有的人都吐了起来。

他们坐在地上,隔着两三米看着她躺在那里,大口喘着气。很快,就从远处跑来四个人,围在疯女人身边,看了看说:"死了。"这下裙子放声痛哭,这哭声惊动了所有人,那四个人向这里看去,其中一个人走过来:"你们认识她?"

大猫摇摇头，又点点头。

"她是什么人？母亲？"

大猫摇摇头："我们不认识。"

"真的不认识？"

所有人都摇摇头。

那个人又看了看裙子，对他们说："这些不应该是小孩看的，赶紧离开这。"

他们走回屋子，眼睛却一直没有离开，直到又从远处走过去两个人，很快，疯女人被抬走了。

裙子一直在哭，其他人也吓坏了，他们都没有见过真正的死人。

第二天，老贾带着小郝找到他们。

"你们都看见了？"他们点点头。

老贾叹了口气，"你们不应该看到的。"

他们都没有说话。

小郝说："担心的还是发生了，早应该把她赶走的。"

"避免不了的事情无论如何都避免不了，即便赶走了她，说不定结果也是一样的。"

"现在说啥都没用了。"

"太可怜了。"说完,老贾准备转身离开。又转过头对他们说:"你们以后要小心点了,火车可是不会因为某一个人才停下来的。"

他们在屋子躺了两天,什么东西也没吃,他们吃不下任何东西。

成家

经过这件事情,所有人都像按了复位键,似乎过去的一切都不重要,也懒得去想,大家待在屋子里看日升日落,坐吃山空。

过去了几天,大猫对其他人说:"我觉得咱们应该把这里收拾一下,窗户,门,还有,每个人都要有张床。"

"早该如此了。"阿飞和阿南早就厌倦了死气沉沉的气氛,表示支持。

"可去哪里弄到这些东西呢?"二狗问。

"猪脑子,你记得不记得那个废弃的医院?"大猫说。

于是,大猫直接找到老贾,希望能够借用一下他们的工具。

"你都想借什么工具呢?"老贾问。

"钳子,锯子,螺丝刀,斧子,嗯,还有锤子。"大猫说了一连串的工具。

"娃娃,要去抢银行啊?"

大猫摇头:"我们是想给屋子安上窗户和门,再打几张床。"

"你们是打算住上多久噢。"老贾感叹着,"只要工具就够了?"

"我们早都计划好了。"然后大猫把他的计划给老贾说了。

"医院?你这个脑袋倒是贼得很。"铁道工人恍然大悟,"难得你能这么想,那医院早没人管了,不过还是要小心点,这个车站,管闲事的人多得很呐。"

"你答应了?"

"等明天吧,我让小郝给你们拿过来。"

第二天,小郝果然拿过来一只大木箱子,里面装满了各式各样的工具,还有很多长短不一的钉子。大猫向他道谢,小郝扔下箱子就走了。

"用完记得还啊。"

夜幕一降临,他们就提着工具来到了医院。数了数,两层楼加起来一共有十六间房间,每一个房间的房门和窗户都是完好的,只是大多数门窗上的玻璃都不见了。

他们甚至还找到了两张废弃的病床。

几个人坐上去,又轮番躺了躺,床特别结实。所有人都高兴坏了,大猫说:"先把这两张床搬回去。"还一直自言自语,"之前咋没想到呢?"

整张床是一个铁架子,上面有一块木板,他们把木板拆下来,让鸭子和羚羊抬着,其他四个人抬架子。从二楼搬到院子,再搬到之前阿飞和阿南进出车站的桥边,爬上台阶,再抬回屋子。

他们走走停停,床越来越沉。当把两张床全部搬回屋子的时候,他们都累坏了。"这两张床谁来睡?"二狗问。

"公平起见,大家应该抽签,抽到谁就是谁的。"阿飞在一边说。"不用这么麻烦,猜拳吧,谁赢了就是谁的。"大猫说。

结果羚羊和阿飞赢了。

二狗凑到羚羊面前:"这张床睡一个人浪费,睡两个人没问题,要不咱俩一起睡。"

"我看仨人也能睡。"大猫在一边说。

"把两张床拼起来,我们所有人都能睡得下。"阿南也借机开玩笑。

"说话算话,谁赢了就是谁的。"大猫说。

"就是,愿赌服输。"阿飞帮腔道。

"这个床我不要了,给裙子吧,我睡木板。"羚羊突然说。

"我同意,裙子是我们中唯一的女孩,我们几个大男人要怜香惜玉。"阿南说。

"我也同意,不过你送了我就不用送了。"阿飞举起一只手,"同意的举手。"

所有的人都举起了手,裙子一直在笑,不说话。

他们用螺丝刀把门上的螺丝取下来,把门抬回来,竖起来放到门口一比划,正好。第一个晚上,他们就把门装好了。第二天一早,老贾就把他们吵醒了,"这就把门装好了,挺好挺好,这门上缺块玻璃。"

他们忙了一晚上,个个困得要死,眯着眼睛看了一眼老贾,又把眼睛闭上。老贾自言自语了一番,把门打开又关上,往复几次,哼着歌走了出去。

下午的时候,老贾拿了一块玻璃过来,叮叮咚咚,几下就把玻璃安在了门上,然后对他们说:"要是觉得太亮,就找块布把玻璃遮起来,就像这样……"他拿手在玻璃前比划着。"像窗帘一样。"他把手里的工具递给大猫,"你们也可以上一把锁。"

"又没人偷我们东西。"大猫接过工具。

"随便你们。"

到了晚上,大猫说:"还得再弄扇门,把隔壁的屋子也装上,咱七个人一个屋子住不下。"

他们把门抬回来,装好之后把该装玻璃的地方钉上了一块木板。

效率越来越快,拿着螺丝刀拧几下,一扇门就完完整整地和门框分离。抬回来之后,小心翼翼地把装玻璃的地方用尺子量好尺寸,用锯子把之前裙子的木板床按照尺寸锯开,用钉子钉上去,然后用砖头搭起四个角,把门板放在上面,一张床就做好了。

最后他们进行了抽签:大猫,二狗,阿飞,阿南一个屋子;羚羊,鸭子,裙子一个屋子。

第三天的时候,他们把窗户抬回来,但是发现和屋子窗户的尺寸不一样,不够宽,却高出很多。

他们把高出的部分用锯子锯掉,不够宽的部分,他们在旁边钉上木板。到快天亮的时候,他们完成了所有的工作。躺在床上的时候,阿飞问大猫:"我们为什么不直接搬到医院里,那样岂不是更简单。"

大猫想了想:"我喜欢火车。"

立冬

"起床啦,都中午了。"

老贾打开门朝他们喊道。

大猫迷迷糊糊地醒来,"忘了把工具还给你,现在就给你拿。"

"我不是来要工具的,如果你们已经用完了,正好还给我,不过,你们现在要起床。"老贾大声说着。

"出啥事了?"大猫坐在床上。

"立冬了,给你们带了饺子,看你穿的,也不嫌冷。"

大猫这才注意到他手上的袋子,让他这么一说,所有人都起来了。

"立冬又能咋?"

"天会越来越冷,不好过哟,其他几个人呢?"

"在隔壁。"

"快去把他们叫起来。"

所有人都起来了,饺子并不多,几个人几口就吃完了,二狗抹着嘴问老贾:"你不吃吗?"

"想吃也没得吃了。"老贾笑着说。

"好吃好吃。"大猫嘴里塞满了,说话含糊不清。

"不让你们白吃,请你们帮点忙。"

"尽管说。"

"前面的道口要拆了,旁边的道房没用了,我准备把它拆了,把砖拉回去盖个院子,但我一个人忙不过来。"

"这没问题,我们都可以帮忙,房子里有我们可以用的东西吗?"大猫问。"房子是空的,如果你们需要门窗的话可以带回来,需要砖的话也可以拿一些回来。"工人说。

"那就算了,门窗已经有了,也不需要砖,我们去给你帮忙就是了。"

"那就太谢谢你们了。"工人说。

"不客气,互相帮助。"二狗说。

道房已经被推倒了,旁边停着一辆手推车,车里放了一些工具。

"我要你们帮我把砖一块块拆下来,就像这样。"老贾拿着一把砖刀朝两块砖衔接处砍去，几下之后，一块砖就被拆了下来。"要小心，别把砖砍坏，更要小心自己的手。"老贾把工具分给他们，只有四把刀。

"剩下的两个人一会帮我推车，姑娘你负责看着。"老贾对裙子说。

小推车上的砖很快装满了，二狗推着车，二狗和羚羊在两边扶着。

"送到你家去吗？"二狗问。

"是的，就在前面过一个路口，很近。"

他们很快到了老贾的家，这是一个家属区，一排排房屋整齐排开。他们从最后一个巷子进去，工人的家占了一排房屋的两间。他们看到只有这两间房子，前面什么都没有，别的房子都被院子包起来。

老贾在门口喊了一声，里面走出了一个二十岁左右的女孩，她笑着帮他们把车上的砖卸下来。羚羊和二狗盯着她看，忘记了干活，还是羚羊先反应过来，朝二狗头上拍了一掌。老贾并不在意："我女儿。"

回去的路上，二狗对老贾说："一辆车子太慢了，你应该再去找一辆，反正俺们人手够用。"

"别小看这车子，推起来可沉着呐。"

"别小看俺们,这不算什么,如果只有一辆车,怕是天黑也干不完。"二狗很强硬。

"那我去看看,你们把空车子先推回去。"

老贾推着另一辆车回来的时候,其他人已经把车装满。"够快的。"他把车子停下,很快,他们又把另一辆车装满。

二狗上去试着推了一下车子,怎么都推不动。羚羊上去试了试,车子刚往前走了两步就朝一边倒去,里面的砖都掉了出来。"我怎么说来着,你们太小看推车了。"老贾把车子扶起来。

"我来推吧。"阿飞推了推重新装满砖的车,朝前走去。"你们过去一个人帮他扶着吧。"老贾说,羚羊走过去帮他扶着车子。"这样就差不多了,你们跟在我们后面。"工人说。

到家的时候,工人的女儿从屋里走出来帮忙,看见阿飞,好奇地问他:"你们都是一块的?"

阿飞点点头。

傍晚的时候,他们把所有的砖都运送完毕,这把他们累坏了。老贾要他们留下来,说晚上要请他们吃饭。

老贾在院子里拉了一根电线,上面装了灯泡,用一根竹竿把灯泡撑起来,打开开关,整个院子亮了起来。"院子里吃,不冷吧?"老贾问。

"不冷,身上全是汗。"羚羊说。

他们把桌子抬到院子里,放在灯泡下面。一切准备妥当后,老贾和他女儿开始在厨房做饭。

他们参观了老贾的家,也不算是参观,只有两间屋子,其中一间屋子的一半,被隔出来当做厨房,另一半里面只有一张单人床和一个柜子。另一间屋子同样有一张床,桌子被他们搬到了院子,屋子里还有两个柜子,除此之外,就什么都没有了。虽然非常简陋,他们却觉得非常好,比起他们的屋子要好太多了。

老贾做了满满一桌子菜,还有一条鱼。吃饭的时候,工人说:"好久没有这么多人一起吃饭了。"

他们狼吞虎咽,顾不上说话。老贾和他女儿就一直往他们碗里夹菜。一桌子菜很快就吃光了。"饱了吗?"工人问。

"吃饱了。"所有人几乎同时说。

老贾露出满意的微笑,"不用猜就知道,你们一定很久没有吃这么饱了。"

"我们的饭量都很小,一天一顿饭就够了。"大猫说。

"真不知道你们是怎么活下来的。"老贾像是自言自语。

"货场有很多吃的喝的,前几天我们每天都吃鱼。"

"我差点忘了。"老贾说,"还是我告诉你们那些鱼塘在哪。"

"俺们前两天还吃了一只鸡,没有东西吃的时候,就偷一些东西来卖。"二狗说。

工人皱了皱眉头:"别被他们发现。"

"俺知道什么该偷,什么不该偷。"二狗说。

"最好是这样,否则没人能帮得了你们,你们的人实在太多了,过完年我也要退休了。"

"退休?"

"到年龄了。"

"多大?"

"六十了。"

"这么大。"二狗刚说完,大猫一脚差点把他从凳子上踹下去:"老实吃你的饭。"

"没事没事。"老贾冲大猫摆摆手,"好久没这么多人一起吃饭了。"

"我们经常在一起吃饭,只是平时吃的没有像今天这么好。"羚羊说。

大猫对老贾那顿饭的情结久久挥洒不去。

自从分成了两个房间,他们几乎是吃完饭就会各自回屋,很少在另外的房间逗留。大猫因此怀念在一个房间睡地上的日子,因此他想了一个办法,就是把两个房间之间的墙打通,他去找老贾借工具的时候,把自己的想法告诉了他。

"你太能折腾了,随便吧,但你得带我过去看看,让我最终确定一下,好几年了,我都没仔细看过那房子。"老贾说。

大猫问:"要确定啥?"

"确定墙是否是承重的,否则房子会塌掉,没地方住都是小事儿,会死人的。我印象中应该不是,算了,你还是带我去看看吧。"

老贾拿着工具跟着大猫来到屋子,他把敲墙用的大锤和小锤放在地上,看了一眼说:"和我想的一样,这不是承重墙,所有的重量都压在房顶上,你们可以随便敲。"

"能不能把它们全敲掉?"大猫把大锤拿在手里掂了掂重量。

"可以全部敲掉,不过我不建议这样做。这排屋子盖的时候,先是把四面的墙盖好,然后把屋顶架在上面的,屋顶是尖的,你看,所以上面有一块三角形的空隙,如果把墙全部敲掉会非常冷。"老贾说。

大猫说:"我们不怕冷。"

"这样吧,你们其实只要在这边,或者那边。"老贾指了指墙的两边,"任一个地方开一个门就行了,就像这扇门这么大。"他又指了指背后的那扇门,"这样既能让你们生活在同一间屋子,也不会那么冷。"

大猫想了想说:"这样也行。"

他们把床都挪到一边,老贾拿石子在墙上画出门的形状,告诉他们不要砸到线外面,几个人就轮流砸起来,大猫开始砸了几下,手就被大锤磨破了。

老贾把大锤从大猫手里拿过去:"看着简单,其实有技巧的。"说着抡起大锤就朝墙上砸了过去,他轻轻朝墙上砸了两下,到第三下的时候,他突然发力,在一声闷响后墙面上出现了一个大洞。

"真厉害。"大猫在一边叫道。

老贾又沿着墙洞连续砸了几下，几乎每砸一下，砖头就会掉落一些，墙洞变得越来越大，很快，墙上的洞都可以让人钻过去了。"这就简单多了。"老贾把大锤交还给大猫，从裤兜里掏出一双发黑了的手套，"把这个戴上，不要砸到线外面，我得出去看看。"

他们忙活了一下午，老贾回来的时候，一个大洞出现在他眼前，有之前的门两倍大。"告诉过你们不要砸到线外面的，你们看看这像什么？完全没有门的样子。"老贾有些不高兴。

"想让它大一点，之前那个太小了。"大猫说。

"已经这样了，就这样吧，你们把这些砖收拾干净，然后把门的边缘清理整齐，就像这样。"他拿起地上的小锤，朝门的边缘砸去，把那些突兀出来的砖一点点砸掉，"看明白了吗？"

大猫点点头："看明白了。"

老贾把工具递给大猫："那就好，剩下的事情你们自己干完，我要回家了。"

"你去吧，我们会把工具给你送回去。"

老贾头也没回。

第二天一早,老贾熟悉的唠叨声又响起来。

"真不知道你们是咋想的,干嘛还要在这面墙上开一个洞,你们是想把所有的墙打通,把这排屋子变成一间吗?"大猫起来走到另一间屋子,发现老贾正站在隔壁屋子的墙洞前:"我们准备把旁边的那间屋子也拿来所用。"

"你们是想每人一间屋子?"老贾说。

大猫揉了揉眼睛:"那倒不是,我们是想把隔壁的房子变成餐厅。"

"餐厅?"老贾停顿了一下,"你们想咋弄?"

大猫穿过墙洞,指着屋子中间说:"在这里放一张大桌子,大家就可以在一起吃饭了,你不是说冬天快到了吗,我们不能总在外面吃饭。"

"要是这么说的话,倒还不错。"工人盯着新砸出的那扇"门洞"。

大猫说:"还得跟你借一样工具。"

"啥?"

"锯子,能锯大树的那种。"

到了晚上，大猫他们拿着工具去医院又卸了两块门板和两扇窗户，回来之后，大家把门窗换好，把剩下的窗户拆开，准备装到另一块门板上，将它们改造成一张桌子，结果费了很大力气也没有成功。"这样不行，我有个主意，咱们再去卸一扇门。"阿飞说。

　　他们把门抬回来，用锯子锯成同样的三等份，当做桌腿钉在另一块门板下面，之后他们又找了一些石子垫在下面，让它稳定。他们都觉得这张桌子漂亮极了。

　　天亮之后，老贾又来了，他看到做好的桌子又免不了唠叨一番："你们几个娃娃还挺有办法，这个桌子看上去挺像那么回事。"

　　好几个人被他吵醒，但都躺在床上假装睡觉。

　　他们起床之后，找到老贾，把工具还给了他，并希望他能给他们找一些沙子和水泥，他们准备用墙上敲下的砖砌几把凳子。

　　老贾说："我明天给你们拿一些过来。"

　　果然，老贾第二天拿了半袋水泥，小郝提着大半袋沙子，他们把水泥和沙子倒在"桌子"旁边，把空袋子递给大猫，让他找点水回来。等他们都回来之后，他把沙子和水泥用水混在一起，在桌子两边分别砌了四把凳子。大猫看见还剩下一些水泥，就在桌子另外两边一边再砌一个，他说人有可能会再多起来的。

小郝看起来不太高兴。

下午的时候，老贾的女儿找到他们，递给他们一只袋子，袋子里是七只碗和七双筷子。

隔了一天，他们又主动找到老贾，大猫向羚羊借了十块钱给他，说是感谢他这几天对他们的帮助。

老贾拒绝了。

拉扯

在大猫打通房间之前,羚羊发现裙子总是在夜里无故失踪。

一天半夜,所有人都睡着了之后,羚羊悄悄来到阿飞的床边,叫醒他,两个人来到屋外。

"去候车室。"羚羊凑在他耳边说。

"我去叫醒阿南。"

羚羊制止了他,告诉他这件事不能让更多的人知道。

"难道不是去看马田会情人?"

"去了就知道了。"

他们来到马田窗外,看到屋子里面,裙子正在狼吞虎咽吃东西。办公桌上,放着面包、牛肉干、火腿肠和牛奶,他们到的时候,马田正把一碗刚泡好的面放在裙子面前。

"偷吃啊?"阿飞轻声说,羚羊示意他不要出声。

裙子大口朝泡面吹着气,然后大口把面放进嘴里,马田就坐在桌子对面:"慢点吃,没人抢。"

裙子并没有因为这句话放慢吃面的频率,马田伸手拿过桌子上的火腿肠剥开递过去:"吃这个。"

"咱俩来就为了看她吃东西啊?"阿飞不解。

"别着急,慢慢看。"

裙子把桌子上的东西快速塞进了自己的肚子,马田取过毛巾在她嘴上和脸上擦了一把,然后起身拿起脸盆对裙子说:"坐沙发上,脱鞋,洗脚。"

说完马田就走出了办公室,窗外的阿飞忍不住,问羚羊:"马田怎么对她这么好啊?"

"说了别急,慢慢看。"

回来的马田端着冒着热气的洗脸盆,把她脸上的污垢擦干净,然后是手和胳膊。洗脸盆的水变黑之后,他出门换水,把脸盆放在裙子的脚下开始洗脚。裙子的笑声又充满了整个屋子。

"喜欢吗?"马田双手在她脚上揉搓。

裙子努力控制自己的笑声,看的出来她很喜欢。

"以前有人给你洗脚吗?"

裙子惯性地点点头,马上又摇摇头。

"以后你想过来的时候可以随时过来,把这儿当自己家。"

裙子点点头。

马田笑起来:"你从没有见过你的爸爸吗?"

"我没有爸爸。"裙子慢吞吞地说。

"每个人都有爸爸,我也有爸爸。"

裙子觉得他说的对,点头。

"你应该有一个爸爸。"马田看着裙子说,"他给你洗脸洗脚,给你好吃的,陪你玩,你想不想要一个这样的爸爸?"

"想。"

"那我做你的爸爸好不好?"

"好。"

"叫我一下。"

"爸爸。"裙子叫完就笑起来。

阿南和阿飞大吵了一架。

从候车室回来之后,阿飞一夜没睡,天刚刚亮的时候,他把阿南叫醒,把昨晚发生的事情告诉了他。他憋坏了，如果不说，自己会憋死的。

"马田，那个警察？他本来就是个变态。"

"小点声。"

"怕什么，这又没有人，羚羊带你去的？羚羊早知道这件事？"阿南问。

"我不知道，我没问他。"阿飞回答。

"他为什么叫你一起去？"

"我不知道，我半夜被他叫醒，还以为又能看到马田和那个漂亮女人。"阿飞说。

"为什么不叫我？"

"本来想叫你一起，羚羊说这件事让人知道得越少越好。"

阿南激动起来，"他不让你叫你就不叫了？你和他们不是一伙的，咱俩才是一伙的。"

"我知道。"

"知道还答应他。"

"这不是什么事，我这不是告诉你了吗？"阿南说。

"这还不是什么事？那个警察，大半夜让一个女孩叫她爸爸。"阿南更激动了。

"裙子看上去并不讨厌他。"

"早就看出来她是个淫贱胚子，大猫，现在又多了一个警察，谁知道她还和其他人有没有关系。"

阿飞从地上捡起一根树枝拿在手里。"不是你想的那样。"

"我想的哪样？"

"马田似乎想认裙子做女儿。"

"所以说他是变态。"

"不是，我的意思是，我感觉马田是真的对她好，想收养她做自己的女儿？"

"收养？你确定？"

"不太确定，感觉是。"

"确定不是那种关系？"

阿飞一巴掌拍到阿南后脑勺上："想啥呢？你才是变态。"

"你是说，马田让裙子叫他爸爸，是真的想做她的爸爸，收养他？"

阿南点点头。

"在马田眼里，我们这群人就是一群乞丐，他不会那么善良的。"阿南还是有些不相信。

"我们可以问问裙子。"阿飞说。

"算了吧,话都说不清楚。"

阿飞说的没错,裙子走后,马田就决定,要收养这个可怜的女孩儿。

取暖

　　墙没打通之前，大猫没办法再去爬裙子的床了，打通之后，大猫的心思也不在这个上面了，他在盘算别的事。冬天临近了，大猫又向老贾借了点水泥，他们自己找了沙子和水混在一起，又找了一些砖头，在两间屋子中央里各砌了一个方形的"炉子"。完成之后，他们又希望巡路工人能够给他们一把锯子，这样一来，他们就能经常有木头烧。

　　老贾爽快答应了，并告诉他们："货场运煤的车多了起来，你们可以再去偷一点，可以烧完整个冬天。""之前存的够我们烧一阵了。"大猫表示。

　　"懒对于你们来说可不是什么好事，要未雨绸缪。"

　　大猫听不懂老贾的话，老贾摆摆手："随便你们。"

隔天，他们又碰到老贾，大猫老远就和他打招呼："老贾，来看看我们的炉子咋样。"

老贾跟他们走进屋子，炉子旁边被粗细不一的树枝木头堆满了，大家正围在一起烤火。

"还是很管用的。"工人把手放离火焰不远的地方试了试，"木头要一点点放，避免起烟，那样你们就要把门打开，还是会冷。"

大猫没接他的话，开始往里放煤，先是小块，然后是大块，老贾提醒他们不要一次放这么多，然后把窗户和门打开："你们要是不打算装一个烟囱，就得这样开着，煤气中毒，会死人的。"煤已经烧得通红，老贾把手放在炉子上方："真暖和啊。"

炉子不能够完全对抗寒冷，每当他们把全身烤热躺在床上，炉子就慢慢熄灭了，他们总会在半夜被冻醒。

阿飞对大猫说："这样不是办法，至少我们每个人都需要一床被子，实在不行，两个人一床也行。"

大猫说："咱们的钱越来越少了，不够买被子，又不能去偷。"

阿飞摇头："算了，我来想办法。"

两天之后，阿飞对他们说："我找到一个办法，给咱们每个人找一床被子。"

"什么办法？"

"别问了，跟着我走。"

他们把鸭子和裙子留下看家，"人越少越安全。"

大猫明白，这是怕他们成为累赘，本想说以前去货场偷东西都没问题，但又不知道阿飞到底带他们去什么地方，就答应了他。

阿飞带他们去了临近的一所幼儿园，阿飞和阿南闲逛的时候已经注意到这里很久了，每到下午，整条街都是接孩子的家长。

他们从后面的铁栅栏翻进去，学校很小，只有一座三层高的教学楼。阿飞掏出两根细铁丝，在锁眼里一捣，锁就开了。"你还会这个啊？"羚羊面露惊喜。阿飞让他不要出声，几个人悄无声息进了屋子，这是一间宿舍，阿飞小声对他们说："把这里的被子都拿走。"

大猫走到一张床前拿起一床被子，双手展开，在自己身前比划着，对阿飞说："太小了。"

"多拿几床就够了，快。"阿飞一手抱着一床被子。

"还有零食呢。"二狗从一张床上拿起一个盒子。

"我们是来拿被子的,不是吃零食的,快点。"阿飞催促他。

他们每个人抱着两床被子悄悄来到栅栏下,把被子扔出去,正要往外翻的时候,大猫说:"你们先走,我再去偷两床。"

"够了,多了我们拿不了。"阿飞制止他。

"一会就完事,我替裙子拿。"

有了炉子和棉被，他们大多数的时间都待在屋子里，而不愿意去冰冷的室外行走了。虽然阿飞和阿南还是常常喜欢游荡，但他们的游荡范围也只是顺着铁路走一段，觉得没意思，便再回到屋子。羚羊和二狗也不再去货场偷东西了，晚上寒风刺骨，他们更乐意裹在被窝里。连最闲不住的大猫，也只是偶尔带二狗去鱼塘钓鱼，他们最多待几十分钟，一旦有鱼上钩，二狗也不会进入冰冷的鱼塘把鱼抓上来，而是用他们早就准备好的"渔网"一兜，鱼就进到网里。他们每次钓到一条就离开。天气太冷了，坐不住。

屋子里常常剩下羚羊、鸭子、裙子。羚羊几次问起那次在麻李那里他走后他们都说了什么，鸭子都没有说，羚羊觉得无趣也就作罢了。

这天，阿飞和阿南顺着铁轨往回走，走到屋子门口的时候，一阵笑声传入他们的耳朵，是从屋子里发出来的，他们听出来了,那是裙子的声音。他们轻轻靠近屋子,从门口望进去,一个白花花的屁股刚刚从裤子里露出来,是羚羊,然后看他抱起裙子,准备脱她的裤子,阿南"啊"了一声,吓得羚羊赶紧朝后看。裙子不耐烦地把他推开,羚羊赶紧提上裤子,露出尴尬的微笑,裙子则背过身子。

羚羊朝他们走过来:"你们都看见了?"

阿飞阿南点点头。

"都看见啥玩意了?"

"看见你压在裙子身上。"阿飞阿南看向裙子,裙子低着头。羚羊把他们叫到外面,"咱们是不是一伙的?"

"当然是。"

"如果是的话,你们要帮我保守这个秘密,除了我们四个,千万不能让大猫他们知道。"

"为啥?"

"你们又不是不知道大猫爬过裙子的床。"

"那你还和她?"阿南指指屋里。

"大猫每天在她身上蹭啊蹭,没啥实质性进展,他弄不了,还不能让我弄了。"

"你有实质性进展?"阿飞也有点不高兴。

"谁叫你们这时候进来的,差点就有了。"

"敢干还怕大猫知道。"阿飞也有点不高兴。

"你们到底向着谁啊,又不是只有大猫,马田不也打她主意?"羚羊说完,意识到说错了话,他看了看阿南,又看看阿飞。

"他知道。"阿飞朝阿南扭了扭头,"我告诉他的。"

"不是说谁也不说的吗?"羚羊抱怨。

"阿南自己人,不会告诉其他人。"

"那我这事你们也别告诉其他人。"

阿飞和阿南都没有任何表示,羚羊接着说,"如果你们帮我保守这个秘密,作为交换,我也答应你们一个要求。"

"好。"阿南不假思索地说。

羚羊没说话,转身进了屋子,小声对着裙子说着什么,裙子偷看了阿飞阿南一眼,头更低了。过了一会儿,羚羊从屋子里走出来,"你们进去吧。"说完就走开了。

阿飞阿南进了屋子,裙子低着头开始脱裤子,然后躺在了床上。他们明白了羚羊对裙子说了什么,阿南站在一旁说:"我们不会这么干的。"裙子坐起来,裤子在膝盖上堆着,生硬地说:"羚羊说你们干了,才不会把这件事情说出去。"

"我们不干也不会说的,我们已经答应羚羊了。"阿飞说。"我们保证,这件事只有我们四个人知道。"阿南也表态。

裙子高兴起来,穿好裤子,说:"你们和他不一样。"

阿飞和阿南走出屋子,看见羚羊正挡着鸭子,不让他进屋。

归路

家宴

怀孕

殒命

疯子

衣冠冢

决战

过年

家宴

尽管他们已经尽量不花钱了，贩卖铁块的钱还是有花光的一天。

但不得不说，他们已经花的够久了，因为他们已经很久没有主动去货场"拿"东西了。大猫偶尔会去钓鱼，也没有去行乞。

大猫对此好像不够满意，有一天，他突然对其他几个人说："咱们得想办法弄点钱。"

"你不总说钱对咱们没用吗。"二狗并不在乎。

"当然有用，钱对每个人都有用。"大猫反驳。

"我们的钱确实越来越少了。"羚羊说。

阿南接着说道："我觉得大猫说的没错，有钱总比没钱好，天气越来越冷了，我们身上还穿得这么少。"

"这是个问题，不过不是目前要解决的，咱们需要钱。"大猫说。

"要钱的事好解决。"二狗说。

"可能是很多钱。"大猫补充。

"再多钱都好解决，去偷那些铁块出来卖。"羚羊说。

大猫立即说："不行，不能再偷铁了，太危险了，被那些警察发现，咱们永远也进入不了货场了，也就不会每天有吃的，还可能会坐牢。"

羚羊紧接着说："怕个毛啊。"

"万一出事就麻烦了。"

"你要多少钱？"阿飞问。

"二百，三百。"大猫说。

"这么多钱，不偷怎么弄？"二狗叫起来。

"你要这么多钱干什么？"

"吃饭，老贾不是说过，咱们是一家人，可咱们从来没在一起吃过饭。"

"咱们不是每天都在一起吃饭吗？"二狗说。

"我说的吃饭是坐在一张桌子上，有吃不完的菜，就像那天咱在老贾家里一样。"

"你是说，去饭店？"阿飞问。

大猫点点头，他说："就咱们几个，一家人一定要在一起吃饭。"

"啥时候去吃?"鸭子兴奋起来。

"有了钱之后。"

大猫找钱的办法很简单,还是以前行乞的方式。羚羊和二狗不同意,但看阿飞和阿南没说什么,他俩也没继续反驳。

第二天中午他们就起床了。来到街上,他们分成两组,阿飞阿南羚羊一组,剩下的人一组。阿飞觉得两个人一组就够了,建议他们再分一组,这样就会多一部分钱。

大猫却说:"不行,这不是我们的地盘,万一和其他要饭的打起来吃亏。"

大猫和二狗鸭子裙子还是来到之前行乞过的商场门前,和之前的方式一样,收了钱就转到另一个地方。另一个地方也是如此,虽然没有商场门前的人多,也不如在商场门前得到的钱多,可毕竟不会空手。

他们在寻找第三个地方的时候,正好遇到了阿飞他们,他们正在街上闲逛,大猫看他们什么都没做,说:"你们是不是觉得这样丢人啊?"

阿飞把他叫到一个没人的角落,掏出钱给他看。大猫失声大喊:"你们怎么有这么多钱?"

阿飞让他小声点,对他说:"你们这种普通的办法不行,得想点花招。"

"我很有花招。"大猫说。

阿飞就把他们如何把其他乞丐惹怒,等乞丐追他们的时候,羚羊就把乞丐碗里的钱拿走的时候告诉了大猫。

大猫皱了皱眉头说:"你们不怕挨揍?"

回到屋子,他们数了数手里的钱,一共五十多块,大猫高兴地说:"这样下去,最多一个星期,咱们就可以去饭店了。"

"根本用不了一个星期,如果你按照我今天教你的办法。"阿飞说。

大猫点点头,把钱塞到裤子里。

"最多三天。"阿南伸出三个手指头。

大猫紧接着说:"四天,四天吧,保险起见。"

"我倒无所谓,怎么都行。"阿飞说。

"好事多磨。"大猫对其他人说。

第二天,大猫二狗鸭子裙子刚跪在地上不长时间,麻李带着几个人走了过来。他们都看见了,二狗悄声对大猫说:"哥,咱跑吧。"

大猫开始收拾眼前的"广告"上的钱,麻李已经走到跟前:"徒弟,好久不见。"

二狗看向被麻李盯着的鸭子,"徒弟,啥徒弟?"

大猫来不及把广告整齐叠好,被麻李身后的人一把扯过去,揉成一团。大猫见势起身,刚准备跑,被麻李一踹,旁边的几个人就抓住了他们。

麻李从大猫兜里把钱拿出来数了数:"还真不少。"把钱放进了自己的口袋。

"俺们的钱。"二狗刚说完,就被抓他的人一拳打在肚子上,二狗疼得说不出话,大猫挣脱着抓他的人:"欺负小孩算什么本事。"紧接着又有一拳打在大猫脸上,大猫鼻子一酸,眼泪流了下来。大猫还在挣扎,抓他的人不知从哪拿出来一根小臂粗的棍子,朝大猫的膝盖不断抢去:"想跑,叫你跑。"

所有人不敢动弹,大猫露出痛苦的神情,他感觉疼痛在全身蔓延,忍不住发出"啊啊"的喊叫。

围观的人越来越多,麻李走到鸭子面前:"这就是不懂规矩的下场。"说完看了一眼裙子,她早就吓坏了,麻李朝抓着他们人使了个眼色,几个人走出了人群。

羚羊阿飞阿南一路气喘吁吁跑回来的时候,大猫几个人躺在床上一动不动。一进屋,羚羊就嚷嚷:"弄不成了,差点被麻李的人打了。"

"咱们必须得报仇。"大猫的疼痛虽然减轻了一些,但能够感受到大猫的身体在发抖。

好奇之余,羚羊听到钱丢了的消息惊讶地看着他们。阿南说:"钱丢了怕啥,那点钱几天就能赚回来。"

"可我们打不过他们。"阿飞说。

大猫没有理会:"我要报仇,还要把钱拿回来。"

"其实咱们也没损失啥,咱一直就没钱,现在还是没钱,没啥变化。"二狗语气缓解了下来。

"当然有,当然损失了。"大猫站起来,羚羊看到他一瘸一拐地走动,知道他们被打的不轻。

大猫接着说:"一起吃饭这么重要的事情,被他们毁了。"

阿飞拍了拍大猫,让他停下来:"这其实没什么,钱丢了可以再赚,也费不了几天时间。"

大猫并没有停下来,反而越来越暴躁:"等不了,这些龟孙。"大猫往地上吐了一口痰。

"你想怎么办?"阿南问。

"先把钱弄回来。"大猫气狠狠地说。

"怎么弄回来?"

"偷铁。"大猫说。

"之前不让偷的是你,现在决定偷的也是你。"二狗小声说。

"之前是之前,现在是现在。咱们现在去货场,明天卖掉,晚上就能吃饭了。"

他们悄悄来到仓库前,大猫拿起门上的锁看了看,然后躲到一辆列车后面,从车厢与车厢的缝隙看过去,正好能够看到公安值班室。大猫让二狗悄悄过去看看,二狗回来说:"一共仨人,在里面打牌。"

他们一直等到半夜,寒冷几乎让他们快睡着了。在这期间,值班室里的警察只出来过一次,并且只有一个人,就站在门口拿着手电筒朝四周照了照,又朝着铁轨撒了泡尿，就回屋子了。

之后，大猫一瘸一拐地朝值班室走去，回来的时候，他说："还在打牌，一时半会他们不会出来，咱们快走。"他们来到仓库门口，大猫把早已准备好的铁棍插进锁环里，一使劲，锁就被撬断了。他们轻轻打开仓库门，即便他们万般注意，门还是发出了吱吱的声音。门只开了一个缝，容一个人可以勉强进去，他们让裙子留下把风，其他几个人相继进了仓库。

仓库很大，却空了很多，只有一个角落堆满了铁块。铁块有大有小，大的有半米长，大猫试着搬了搬，铁块没动，他用了用力，勉强抬起来。二狗过来帮忙，两个人才把铁块搬起来，刚走了几步，他们就又把铁块放下。

"太沉了，两个人搬都费劲。"大猫喘着气。

"那怎么办？"二狗问。

"先别管了，两个人一起，先把铁块放到门口。"

阿南过去帮羚羊，阿飞过去帮鸭子，他们把铁块放到仓库门外，大猫喘着气说："这些不够，再搬三个。"

"六个？我们拿不动。"阿南说。

"至少要六个，慢慢搬。"大猫说着走到铁堆旁。

这次,阿飞和阿南一组,把铁块搬到门口后,又回来搬另一块。

之后,他们尽量轻的把仓库门关上,大猫对阿飞和阿南说:"你俩走的快一点,你俩先走,我们在后面慢慢走。"说完,就和二狗搬起铁块。

阿飞和阿南很快就把他们落在后面,快要走到门口的时候,一只狗叫了起来。

他们赶紧把铁块放在地上,循声看去,门口有一个影子,阿南说:"什么时候多了条狗?"

"我哪知道,我们进来的时候好像没发现这里有条狗啊。"阿飞说着,就朝狗走了过去。

狗越叫越凶,声音也越来也大。阿飞走近了才看清,一条狗锁在大门旁边,狗身后是个狗窝,他们来的时候没发现。

"坏了,被发现了。"阿飞看到身后有人拿着手电朝这边喊。

"跑,快跑。"阿南跑到大门前,趴下身子往外钻。

阿飞随即也跑向大门,刚要往下钻,他听见二狗他们跑了过来。

慌慌张张跑出来,所有人坐在地上喘着气,阿飞看了看所有人,问:"大猫呢?"

即便大猫被抓,他们还是回去睡了一觉后才开始想办法。毕竟大半夜的,又能找谁呢?

他们商量了一下,决定找老贾,第二天一早,他们叫住小郝:"老贾呢?"

"今天不上班。"

他们来到老贾家里,向老贾说明了事情,老贾发起愁来:"你们偷啥不好?"然后进屋取了衣服穿上和他们一块来到铁路上,在屋子门口对他们说:"你们哪也别去,就在这等着。"

他们等了有一会儿,老贾带着马田来到屋子,"老马,交给你了。"说完就要走。

"小事,回家吧。"马田让老贾先走。

他在屋子四下看了看,转过身来问裙子:"知道大猫被关的地方吗?"

裙子点点头。

"让裙子带我去,你们在这等着。"马田牵起裙子的手。

裙子跟着马田来到货场公安值班室,里面三个人正在打牌,看到马田和裙子,其中一个警察说:"抓了个女小偷?"马田没有回答,而是紧接问道:"昨天抓了个乞丐?"

"是啊,一帮人,就抓了一个。"警察回答道。

"人呢?"

"隔壁仓库关着呢,先关两天。"

马田递给他一根烟,对裙子说:"你出去等一会儿。"裙子走出屋子,马田紧跟着把门关上。

裙子隔着窗户朝里面看,只看见他们说话的神情,听不到他们在说什么。他们一直笑嘻嘻的,偶尔会哈哈大笑,最后警察和马田同时起身走了出来。

"这边。"警察示意他们跟着他。

走到他们偷铁块的仓库门前,警察打开了锁,拿手电筒朝里照去,大猫正躺在那堆铁块上。

马田把大猫带回了候车大厅的办公室。

"脑子不记事是吧?为什么偷铁?"

"需要钱。"大猫干净利落。

"谁都需要钱,需要钱就偷是吧?"

大猫没说话。

"到底为什么需要钱?"马田逼问。

"我们要下馆子,我们没钱。"大猫靠在沙发上。

"下馆子?"马田笑起来,"怪不得,还想干什么?"

大猫被问得不知所云,想了想:"没了。"

"想下馆子就别偷,要偷就别想下馆子,还下馆子。"马田一脸轻蔑。

"我们是一家人,既然是一家人,就要一起吃饭,在饭店里,而不是在铁道旁,就像正常人一样。"大猫情绪激动。

马田若有所思:"你是这么想的?"

大猫点点头:"我们要像一家人一样,堂堂正正吃顿饭。"

马田开始在办公室中踱步,"这个想法很好,你们是一家人,没错,应该在饭馆堂堂正正地吃顿饭。"

"我们本来没想偷东西。"大猫把他们如何乞讨,如何被麻李殴打全部告诉了马田。

马田听完，沉思了一会，对他们说："这样吧，这顿饭我来请。"

"你说真的？"大猫没等马田说完。

"我说话算话，不过你要答应我以后再也不去货场偷铁块了，你就是想可能也没机会了，他们以后见到不会像之前对你们那么客气了。"马田继续把话说完。

"行。"大猫爽快答应，"你说请我们下饭店，啥时候？"

"是饭馆，不是饭店。"马田纠正道。

"我们都是这么叫的，啥时候请呢？"大猫急不可耐。

"先答应我的条件。"

"答应，不就是不去货场偷铁块吗，本来就没想去。"大猫说。

"不是偷铁块，是什么东西都不能偷。"马田说。

"不偷就不偷。"

马田贴近他的脸："说话算话？"

"说话算话。"大猫一本正经，"到底啥时候请吃饭？"

"明天？"

"太好了。"大猫几乎跳起来，不过他紧接着问道："明天啥时候？"

"明天下午六点你们在广场对面等我。"

大猫他们几乎不到五点就等在约定的地方了,大猫无法在屋子和任何一个地方待下去,只有在这里,他才心安,反正他们有的是时间。

马田也很守时,他赶了过来,时间还没到六点。

大猫远远就看见他了,自从来到这里以后,他一直在东张西望。但是,他这时却装出一副不在意的样子,直到有人喊"马田,他来了。"他才像刚刚看见他一样:"噢,来了吗?"

"没想到你们来得更早。"马田说,"那就跟我走吧。"

马田把他们带进不远处的一家餐馆,这家餐馆他们知道,老板是个罗锅,因为离火车站近的原因,他们其实不止一次打过照面。

他们刚刚走进餐馆,就被拦住了,老板扯着嗓子喊:"一边去。"大猫没有理他,一把挽住了马田的胳膊。老板看到,皱着眉头说:"老马?"

"带他们来吃饭。"马田站在了老板面前。

"你？带他们吃饭？"老板又问道。

"有空着的包间吗？我们单独坐一间，不影响你做生意。"马田说。

"有，有。"老板指了指前面，一瘸一拐地带他们进了包间。

"大猫，你来点菜。"坐下后，马田把菜单扔给大猫，"想吃什么点什么。"

大猫拿着菜单翻了半天，二狗和羚羊围上去。"啥都可以点？"二狗问。

"想吃什么点什么。"马田对他说。

"俺要吃这个，这个，这个，这个也要，还有这个。"二狗把菜单几乎挨个指了一遍。

马田叫过老板，从二狗手里夺过菜单："葫芦鸡、豆瓣鲫鱼、土豆炖牛腩、回锅肉、孜然炒肉、糖醋里脊……"

老板用笔在纸上写着，转身出了包间。

"快点啊，老板。"大猫喊。

菜上得很快，大猫像主人一样给大家让菜，还不时用自己的筷子夹菜到对方碗里："吃，吃饱。"

因为大猫的关系，大家一开始就没人拘束，菜上来一个,吃完一个,上来一个,又吃完一个。

"慢点,慢点吃。"马田喝光茶碗里的茶,"大猫,喝不喝啤酒?"

大猫迟疑了一会儿,马上点点头。

马田叫过老板:"四个啤酒。"

每个人面前多了一杯酒,马田举起杯:"大猫,一起喝一杯。"

"一起一起。"大猫让所有人举起杯子,马田看了一眼裙子,叫过老板:"来瓶饮料。"

"啥饮料?"

"可乐。"

老板去拿饮料,马田让裙子放下手里的酒:"女孩子,别喝酒。"然后和其他人碰杯,大猫第一个干了,其他人学着他的样子,一饮而尽。

"吃菜。"马田将抿了一口的杯子放下。

桌子上和每个人脚下都有酒瓶的身影,中途马田又让老板加了几个菜。再次喝完的时候,大家吃饭的频率才慢下来,鸭子已经喝多了,他红着脸,满足地靠着椅子上。

"老马。"大猫举起杯子,学着老板亲切地叫他,"谢谢你，咱俩喝一个。"他说话的声音飘忽不定，所有人里面，他喝得最多。

"我也跟你喝一个。"二狗也举起杯子。

"还有我。"羚羊举起杯子，阿飞阿南也举起了杯子。

"好。"马田拿起杯子在桌子上一磕，大家学他的样子，纷纷把杯子在桌子上磕起来。一时间，桌子被磕得叮咣乱响，裙子也拿起杯子，在桌子上磕起来。

"喝，喝。"马田催促着，将杯子放在嘴边，磕碰的声音马上停止下来，其他人拿回杯子一饮而尽。

马田还是只抿了一小口，放下酒杯举起筷子："吃，快吃。"筷子点向桌子中央，看到其他人去夹菜，他又把筷子放回原来的地方，整顿饭，他半杯酒都没喝完，桌子上的菜一口没吃。

直到大家再也吃不下去，马田还在继续让："吃啊，不够再点。"

确实没有人在动筷子了，他关切道："吃饱了吗？"

"饱了，吃不动了。"二狗眯着眼，打起了哈欠。

"大猫，吃饱了吗？"马田再次问。

"饱了。"大猫嘴上说着，还是举起筷子夹了口菜。

"饱了就行，我把裙子带回去，你们自己回去。"马田让老板过来结账。没人听出话中意，直到结完账，马田站起来拉着裙子要走，阿飞才拍着身边的羚羊问马田："她去哪？"

"跟我回家。"

羚羊明白了马田的意思，面对阿飞不断地提醒面露难色，阿飞见他不作声，对着对面的大猫喊："大猫，大猫。"大猫抬起眼皮。"裙子要走了。"

"行。"大猫站起来大手一挥，"走。"

"裙子要跟马田走。"旁边的阿南再次提醒大猫。

大猫似乎听懂了，一个激灵缓缓神也拉住裙子，"跟我们走。"

马田扯开大猫抓住裙子的手，把他摁回椅子上坐下，对所有人说："裙子我收养了，以后她就是我女儿，和你们没关系了。"

他在等其他人说话，但所有人都沉默，见况，他拉起裙子的手往外走。

"她同意了吗？"阿飞在后面喊。

"裙子，告诉他们，你同意了。"马田停下来，和裙子回过身来。

裙子点点头。

马田拉着她走出了房间,羚羊这才叫着大猫:"大猫,裙子走了,跟马田走了,不回来了。"

大猫愣了半天,突然趴在桌子上,放声大哭起来。

怀孕

连续一个礼拜,大猫躺在床上几乎不吃不喝,气氛压抑到极点。冬季的第一场雪也下了起来,羚羊受不了这种气氛,便想拉着二狗陪自己到货场偷东西,二狗表示刚出过事,不敢再明目张胆干下去了。羚羊又转向阿飞和阿南,阿飞和阿南也表示没必要再去冒这个险,羚羊本意也不是非要偷东西,整个房间的气氛让他喘不过气,对他来说只不过是少了一个裙子,没必要和死了人一样,为了逃避这种他厌恶的气氛,偷东西不过借口,他只是想出去转转。"带鸭子去。"二狗不耐烦地赶他。

二狗则每天晚上在候车室外瞎转,回去之后向大家报告:"马田上班,没见着裙子。"

每天的报告都一样。

阿飞和阿南无所谓,他们每天把火烧得旺旺的,裹着被子和大猫一起待在屋子里。马田送过一次吃的过来,所有人顾忌大猫,没说谢谢。

最终打破这种状态的还是马田,大概过了半个月,二狗在候车室外看见气冲冲走过来的马田,没来得及反应,就被他一把揪住脖子:"跟我走。"二狗被他的气势吓坏了,半句话不敢说,他揪着二狗一路来到他们所住的屋子,差点把二狗一把推到在炉子上面。所有人都愣在原地,坐在床上把自己用被子裹起来的大猫也不明白。

"谁让裙子怀孕的?"马田愤怒的声音充满了整个屋子。

"啊?"二狗爬起来,又被马田一把推开。"怀孕?"和所有人同样不解的阿南脸上的表情不断变化。

"是不是你?"马田伸手掐住阿南的脖子,阿南被掐着说不出话。

"不是他。"阿飞想制止马田又不敢。

"是谁?"马田松开阿南。"咳……咳……"阿南表情痛苦。

"大猫。"阿飞等待大猫的救援。

"怎么回事?"马田往前走两步到床边,扯开大猫身上裹着的被子。

"不是我。"这是一周以来,大猫说的第一句话。

"还能有谁?"马田睁大眼睛盯着他。

"不知道。"大猫低声说,"真不知道。"

"都三个月了,你不知道谁知道?"马田的脸都快贴到他脸上了。

"真不知道。"大猫极其为难。

"我们真不知道她怀孕了。"阿飞说。

"不知道?你做过?"马田离开大猫逼近阿飞。

"不是我,我没做过。"阿飞开始害怕了。

"那你说,是谁?"马田的额头几乎贴住了他的额头。

"羚羊,应该是羚羊。"阿飞破口而出。

马田的视线马上在几个人身上转了一圈:"羚羊,人呢?"

"出去了,没回来。"阿飞战战兢兢。

"去哪了?"

"不会是跑了吧。"阿南说。

"往哪跑了?"

"不知道,一大早就不见人了。"

马田深吸了口气,坐到旁边的空床上,指了指阿飞:"你,过来。"阿飞走到马田面前。"说说,怎么回事?"

阿飞就把羚羊想和裙子上床被他和阿南看见的事情告诉了马田。连大猫和二狗都不敢相信,大猫从床上下来:"这狗日的。"

"没发生关系?"马田根本无暇顾及大猫的感慨。

"没有,肯定没有。"

"确定没有?"

"看的很清楚,他刚脱裤子,就被我和阿南发现了。"

"是不是这样?"马田问阿南。

"嗯。"阿南点头。

马田大口吸了口气,良久,他说:"再看见他,想办法告诉我。"阿飞和阿南赶紧点头,他的目光转向二狗,二狗也点点头,"你。"他指了指大猫。

"嗯。"大猫像受了惊吓似的。

马田走了,屋子里又恢复到原来死气沉沉的气氛,二狗憋不住问阿飞:"羚羊的事是真的?"

"真的。"没等阿飞说话,阿南接道。

"就知道是他。"大猫突然开口。

"知道个屁。"阿飞怨愤道,"你咋不说是你呢?"

"和我啥关系,我没脱她裤子。"大猫着急。

"羚羊也没脱成。"

殒命

就在马田刚刚离开,羚羊就气呼呼地跑回来,告诉他们,鸭子被打了。

来不及问他和裙子的事情,几个人跟着羚羊来到街面上。鸭子被一群看热闹的人围着,他躺在地上抽搐,打人者已经不知去向。

大猫把满身是血的鸭子扶起来:"谁打的?谁打的?"

听到大猫喊,鸭子抽搐得更厉害了。他抱着大猫,浑身颤抖。

大猫用手摸了摸鸭子头上流出来的血,抬头看着周围看热闹的人,最后盯着羚羊喊:"你他妈咋没事啊?"然后和鸭子一起哭了起来。

羚羊跪到鸭子面前,小声地对大猫说:"我叫他一起跑来着。"

大猫紧紧搂了搂鸭子，坐在地上用脚朝羚羊踹过去，嘴里不停念叨："他咋没跑了？他咋没跑了？"

二狗一脚朝羚羊身上踹过去，羚羊倒在地上，还没来得及爬起来，二狗骑在他身上举着拳头朝他打过去。

羚羊也哭了起来："我不知道，我不知道他们会下手这么狠，我不知道。"

阿飞和阿南凑到鸭子身边，鸭子还在不停地抽搐。阿飞试着扶了扶，很沉，对大猫说："先把他扶起来，回去再说。"

他们几乎是把鸭子拎起来，稍一松手，鸭子就又瘫软下去。阿南过去拉起还骑在羚羊身上的二狗："先别打了，过来帮忙。"

把鸭子扶起来，让他趴在阿飞背上，阿飞直起身，背着鸭子走出人群，鸭子还是不停在抽搐。

阿飞一路小跑，这一路上的行人，都给他们让出一条宽宽的路。

回到屋子，把鸭子放在床上，拿被子盖好，二狗把角落里剩下的炭渣用手捧着放进未熄灭的火里。鸭子不停地说："疼，疼。"

"谁打的?"阿飞拉住羚羊。

"还能有谁,麻李。"

"到底怎么回事?"

"我俩不是在街上转嘛,都准备回来了,被麻李几个人堵住了,说啥弟子不孝有辱师门。"

"然后呢?"

"然后就被打了啊。"

"然后你就跑了。"大猫气狠狠地说着坐到鸭子的床边,又伸手摸了摸鸭子头上的血迹。鸭子的脸冰凉,大猫又把手指头放在鸭子的鼻子下面试了试呼吸,他觉得这还不够,又走到自己床前,把被子加盖在鸭子身上。他回过头来说:"他太凉了,火烧不到明天早上。"

"我早就说了,煤没有了,得去货场弄一些回来。"二狗说。

阿飞接着说:"是啊,天气太冷了,如果没有煤,我们扛不过这个冬天。"

大猫从床边站起来:"我是怕鸭子扛不过去,得去弄些煤回来。"

"我去,顺便看看货场里有什么可以吃的东西。"二狗站起来。

"我和他一起去,还有阿南。"阿飞看了一眼阿南,阿南点点头。

大猫看了看他们几个人,摇摇头:"人太多,目标太明显了,被抓就麻烦了。"说完看着惊魂未定的羚羊说:"羚羊,你去。"

羚羊愣了愣,看着大家:"我?和谁?"

"你一个人,要不是你,鸭子咋能成这样。"大猫说。

"这事咋能怪我呢?又不是我打的。"羚羊说。

"要不是你顾着自己跑,他能被打成这样?"二狗说。

"又不是我让打的。"羚羊刚说完,大猫一巴掌打在他头上:"让你去你就去,还好意思说和你没关系。"

羚羊低着头没说话,阿飞说:"我和他一块去吧,他一个人拿不了。"

"不行,就让他一个人去。"大猫瞪着眼睛看着羚羊。

"让你去就赶紧去,以前又不是没干过。"二狗帮腔。

羚羊走后,剩下几个人每人拿过一床被子裹在自己身上。他们把所有的木头从另一个房间拿到炉子旁边,等火焰快要熄灭的时候放一两根进去,他们不敢让火燃烧得太旺,只要让火不熄灭就够了。他们担心一旦火熄灭了羚羊还没有回来，夜里的寒冷会要了鸭子的命。

天开始亮起来，几个人都松了一口气，二狗已经坐着睡着了，大猫站起来走到鸭子的床边看了看，说："这一夜总算过去了。"然后他叫醒二狗："都睡觉吧。"

"羚羊还没回来，不会是被抓了吧？"阿南问。

"管不了这么多了。"说完回到自己床上躺了下来。

等他们醒来的时候太阳快没有屁股了，羚羊还是没有回来。大猫走到鸭子床前试探了一番，就坐到地上哭了起来，其他几个人连忙围过去，阿飞发现，鸭子已经停止了呼吸。

"怎么回事？"阿南把鸭子扶起来，鸭子一动不动，随着阿南摇晃几下，一松手，鸭子又躺了回去。二狗也哭了起来，阿飞和阿南则是愣了半天不知作何反应。鸭子的身体冰凉，就像从冰窖里刚刚出来的一样。过了半天，阿飞拍了拍大猫："别哭了，接下来怎么办？"

大猫停止了哭泣，看了眼阿飞，紧紧抱住了他，哭声又响了起来。

"现在哭也没用了，我们得想个办法，或者找个人来帮忙。"阿南说。

大猫立即放开了阿飞："不能找人帮忙，外人知道我们当中有人死了，就会把咱们抓起来。"

"抓我们干什么,又不是我们干的。"阿南说。

"那也不行,咱们这样的,没人相信。"大猫说。

"那你说怎么办?"阿南说。

大猫用手擦了擦脸上的泪:"找个地方埋了,这样就没人知道了。"

"你疯了?埋了?"阿飞简直不敢相信自己的耳朵。

"不然咋办?"大猫一句话把所有人问得哑口无言。

二狗说鸭子最喜欢的地方就是水塔,认为那是最合适的地方,于是他们等到夜里,大猫背着鸭子到了水塔旁边。大猫把鸭子放在地上,几个人在水塔后面选了一块地方,靠近泥潭,杂草都长到他们腰上了。阿飞用脚踩踩地面说:"就这里吧,没人会发现。"

他们把杂草拔起来,费了很大力气才拔出一个不规则的长方形。二狗的手被勒出了血,阿南走到水塔里找了一根生锈的铁棍,在地上挖了半天说:"这根本不行,地面太硬了,挖不下去。"他们几个轮流挖了几下,每次挖下去,地上的泥土就被翻出来一点点。大猫说:"工具不行。"

"有把铁锹就好了。"阿飞说。

"我也知道有把铁锹就好了,哪有啊。"大猫说。

"找老贾借。"二狗说。

阿飞摆摆手:"那样老贾不就知道了。"刚说完,转念一想,看了看大猫,说:"对啊,我们可以跟老贾借。"

"不告诉他干什么不就行了,以前又不是没借过,他实在要问,就说咱们准备在屋子后面挖个地窖,冬天好储藏些东西。他不会怀疑的。"

"这个办法可以,不过万一哪天老贾要过来看地窖咋办?"大猫说。

"那就在屋子后面挖个地窖不就行了。"二狗说。

"不用挖,万一哪天他要来看,就说我们改变主意了。"阿飞说。

"那行,我去借。"大猫走进了夜色。

他们几乎轮流挖了几个小时,才挖出一个仅容鸭子身材的一个坑。他们把鸭子用被子裹好后放进坑里,大猫拿起铁锹刚准备填土,阿飞一把抓住他:"非得这么干吗?"

大猫坚定地点点头,把一铁锹土撒在鸭子的尸体上。

"他家里人知道得多难受啊。"二狗话一出口,突然想到了什么,也上来拉着大猫:"哥,不行,哥。"

"咋了?"

"不能埋。"

"咋不能埋?"

"还记得那个老要饭不?"二狗问。

"哪个老要饭?"

"带着小乞丐去南方结果没去成的那个。"二狗着急,"老咳嗽,痨病。"

"知道,咋了?"

"记得他说的啥不?"

"说的啥?"大猫也给问急了,甩开二狗拉住他的手。

"叶落归根。"

几个人在准备填埋鸭子的土坑旁边坐了好久,所有人一言不发,最后大猫站起来:"弄出来,弄出来。"

几个人吃力把鸭子的尸体抬出来,"现在咋办?"阿飞问。

"抬回去,抬回去再说。"

疯子

鸭子的死没有大猫他们想得这么简单，鸭子被打的当天，便是瘸子四兄弟刚放出来的第二天。走出看守所大门的瞬间，阳光斜着一照，四兄弟的元气便恢复了一半，他们几乎是小跑着来到看守所院墙尽头的商店，一人拿了一瓶冰红茶灌入喉咙，四个人集体觉得，这是有生以来他们喝过的最好喝的饮料。

没有人迎接他们，但他们认得回去的路。他们没有回家，而是直接找到了麻李，当天晚上他们和麻李喝了一顿大酒，酒局上，最重要的议题，便是如何找车站讨要母亲被车撞死的赔偿。兄弟四人是在看守所里接到母亲死亡的消息，协议上没有注明赔偿。

四兄弟本来的哭闹被警察制止，他们始终拒绝签署协议，车站无奈之下，只得将四兄弟母亲的遗体暂存在殡仪馆。

　　这件事，麻李是知道的，他给兄弟四人出主意，让四人直接去给火车站大闹。这主意，也是麻李早就想好的，非但如此，麻李还把四人母亲的死和大猫一群人扯上了关系。用他的话说就是："就是在那群小乞丐的狗窝前撞死的，这仇得报。"

　　于是一伙人草草定了计划，兄弟四人去火车站要赔偿，麻李则带人报仇。麻李并非真正想报仇，而是想借机把当初背叛他的羚羊和鸭子——尤其是鸭子教训一顿，他早就想这么干了。至于其他人，他才懒得管。

　　不用麻李怂恿，兄弟四人也是早晚要找大猫一群人"算账"的，毕竟这次四人偷东西被抓进看守所，和大猫他们多少有些关系。只是现在他们还顾不上这么多，赔偿两个字，在他们生命里无疑更重要。

　　四个人直接走进了马田和巴山的办公室，正碰上巴山值班。巴山不认识他们，便问："有事？"

　　"有事，我妈死在你们车站，总得有个说法。"瘸子不等巴山招待，径直走到沙发上坐下来。

　　巴山一愣，搜寻记忆的同时打量着这四个人，他不难想到三个月前发生的那起命案。浑身脏兮兮赤身裸体的女人突然跌倒进铁轨被迎面而来的火车当场撞死,他赶到的时候,女人也只剩下最后一口气,血液和脑浆污浊了她的面目,女人连抽搐的力气都没有了,他甚至能够体会到女人的灵魂正脱离她的身体,她睡着了,双眼紧闭。

这样的场景巴山并不是第一次看见,细想起来上次遇到也至少有十年了,多少有些不同,那是一个和她差不多年纪的女人,因为不堪忍受丈夫长期打骂选择自杀。即便事故几乎不用处理,巴山还是请了三天假,把自己关在家里,醉了三天,那时他第一次碰上这种事情。

"坐吧,都坐吧。"巴山努力把自己从记忆中拉扯回来,不用说他也能猜得出,这四个人就是女人的四个儿子,他也知道,他们的母亲出事的时候,几个人正在看守所里。

"坐什么坐,我妈死在你们手里,就说能赔多少钱?"脾气暴躁的老二长毛开门见山。

"要钱也不耽误坐下,快坐吧。"巴山不紧不慢坐到自己的办公桌后。

"不给钱我们不走。"

"我妈的尸体现在还在殡仪馆放着,还没下葬呐。"老四白脸抢着说。

巴山一愣。"我说你们几个,母亲出了意外,尸体要尽快入土为安,这么简单的道理不明白吗?"

"道理我们都懂。"老大瘸子开口道,"尸体火化了,我们拿啥要钱?"

"你们的母亲是你们赚钱的工具吗?"巴山有些激动。

"那不是你操心的事,快赔钱。"长毛说。

"赔不赔钱是我说了算的吗?"巴山不想理他们。

"你说了不算谁说了算?"

"站上,找站上。"

"你不就是站上的警察?我们找的就是站上。"瘸子不紧不慢。

"我是站上的警察不假,可这事不归我管,领导,领导。"巴山身处一根手指朝上面指了指。

"领导我们会找,现在我们找的是你,我妈是死在你们站上的没错吧?"

"没错。"

"是你们司机开车撞死的没错吧?"

"那是因为你母亲未经允许进入车站……"

巴山话未说完,瘸子立马打断了他:"不管她因为啥原因进入车站,是你们司机开车撞死的没错吧?"

"你母亲这种行为属于过错行为。"巴山接着说。

"过错,你意思是我妈被你们的司机撞死了,还怪她自己了?"

"她有自己的过错。"巴山说。

"操!"长毛一脚踢在茶几上,"我就知道你们他妈的撞死人还耍赖,信不信我告你们。"

"这件事站上有站上的处理方式,你们几个别在我这瞎闹啊。"巴山站起来。

"闹怎么了?闹怎么了?"长毛每说一句,就踢一次茶几,老三老四也做出打架的架势。

"跟我横没用,刚出来还想进去是吧?"巴山显然不屑他们的恐吓。

"先别急。"瘸子冲他们摆摆手,然后对巴山说,"你说这事你不负责,行,我们信,那你说我们找谁?"

"领导。"

"哪个领导?"

"站上的领导。"

"站上的领导多了,你说哪个领导?"

"站上就一个领导,站长。"巴山被问的一点耐心都没了。

"站长在哪?"

"我他妈又不是站长,小子,你再多问一句信不信有的是治你的办法?"

"行,那我们找站长,走。"瘸子站起来,朝巴山瞪了一眼。

"走。"兄弟四人出门的时候,把门甩得震天响。

"唉。"巴山不由自主叹了口气。

没人知道兄弟四人的母亲为什么会变成赤身裸体满身污垢的样子,虽然在外人看来不难理解,毕竟这位母亲疯癫的状态早就持续已久。在平时,连自己的儿子们——兄弟四人对她都有几分嫌弃,认识她的人平时见到她都要绕道走,生怕她犯起病来"侵犯"到自己。他们当然不知道,那天从货场的公安值班室出来,一路失魂落魄的她硬要和对着她吠叫的狗大喊,那条狗站起来足有一人多高,她发现自己把狗激怒的时候已经来不及了,还没跑两步,就被追上来的狗一口咬住大腿,自己的整个身体不受控制朝前扑倒了。等她清醒一点的时候发现,自己被咬的大腿上裤子已被撕烂,伤口的牙印因为渗血显得更加清晰。

她确实害怕了,趴在地上一动不敢动,被不停吠叫的狗俯视着，僵持了近半个小时狗才离开。她尝试站起来，一阵剧痛从大腿传来。她一瘸一拐地沿着铁路行走，走一会歇一会，直到来到大猫他们钓鱼的鱼塘旁边。她看着一片片的鱼塘，突然一阵目眩，腿不听使唤，滚进了鱼塘。

猛然灌进喉咙的水让她下意识在水中不停扑腾，她刚想站起来，脚下一滑又重新跌入水中，往复几次，她似乎怎么都站起不来。越来越浑浊的水开始不停拍击塘壁，在站起来又跌进水中的过程中，一口口的水灌进她的肚子，她仍不管不顾地用尽全力扑腾。直到不停吠叫的狗将老曹唤出来，她才被救起。

老曹用一根胳膊粗的竹竿把她拉上来，她趴在地上连大口喘气的力气都没有，老曹看她没有生命危险，松了一口气，"幸亏是这块小池子，你命大，当初挖了一半就不挖了，要掉在其他池子，现在估计命都没了。"说完，就试图用手抠她的嘴，希望她能把喝进肚子里的水吐出来。随着手指在她口腔里用力，女人一口咬了下去，疼得老曹迅速将手抽出，他看了看被咬的手指，只有一排浅浅的牙印，"行，都这样了，还有力气咬人，不管了，谁爱管谁管。"

离开后的老曹并未放松警惕，一直在自己的小屋观察她的举动。她趴在地上足足一上午，才缓缓坐起来，她将紧贴在身上湿漉漉的衣服脱去，又坐了一会儿，才起身一瘸一拐沿着铁路继续往前走。

老曹不敢再上前去，直到她消失在自己的视线中，才回到屋里，说了一句："疯子。"

> 衣
> 冠
> 冢

大猫几个人把鸭子的尸体抬回屋子,放在床上,二狗生了火,几个人还是一言不发,直到阿飞问:"人抬回来了,然后呢?"

"送回家。"

"送?"阿南凑过来,"我们几个人,抬着送回去?"

"不用我们送。"大猫表情冷漠。

"那谁送?"

"他们。"

"谁啊?"

大猫再没说话,几个人躺下,就睡着了。

第二天一早,他们就被老贾的嚷嚷声叫醒:"哎呀,这屋里可够冷的。"

他们能够感觉到老贾在屋子里巡视:"一点可以生火的东西都没有,你们都烧光啦?烧光可以再去找啊,去货场弄些煤,这个季节,货场里都是煤。"

没过一会儿,他又说:"你们可以跟我借锯子,去弄一些木头回来,没人会管你们的。"

他嘴里几乎就没停:"哎呀,这屋子实在是太冷啦。"

大猫眯着眼看着他,其他人看着大猫。老贾忽然喊起来:"快点起床吧,你们不是要挖地窖吗?"

大猫拉了拉被子:"改主意了,不挖了。"

"不挖了?"老贾走到大猫面前,"我还以为你们有多着急,这下你们又不挖了?"

大猫眨了眨眼,看着他。

老贾又说:"其实你们也不需要那玩意儿,你们这屋子就够冷的了,和地窖也没什么区别。"

大猫还是没说话。

老贾徘徊着:"冬天是个危险的季节,尤其对你们来说,你们都不觉得冷吗?"

没人接话,他们都看着大猫,二狗朝他努嘴,小声说:"说啊。"

老贾继续在屋里徘徊:"你们就剩几个人了?其他

人呢?"

"他们走了。"大猫说。

"走了？去哪里？"老贾停下来。

"回家了。"大猫说。

"既然改主意了，也就不需要这玩意了。"老贾走到角落里把铁锹拿起来，"这里实在太冷了，快过年了。"

老贾刚走出门口，大猫猛然起来，叫住老贾："老贾。"

老贾回头看他。

"鸭子死了。"大猫带着哭腔。

"死了？谁死了？"

"他，鸭子。"二狗指了指被子包裹着的鸭子的尸体。

几个人把事情原原委委告诉老贾，每个人都看得到老贾脸上暗淡严肃的神情，听他们说完，老贾让他们哪也别去。半个小时后，老贾、巴山、马田出现在他们面前。

"妈的，还是把祸闯下了。"巴山看了一眼鸭子的尸体。

"该来的早晚得来。"马田说，"谁知道鸭子家在哪？"

"湖南。"二狗说。

"湖南啥地方?"

"马庄。"

"马庄啥地方?"

没人说得出来。

"他父母叫什么知道不?"

"他父母都死了。"

"啥?"巴山脸上的表情变得极其难看,马田看看他:"没辙了。"

警察局和民政局的人带走了鸭子的尸体。临走之前,二狗死活要把鸭子的外套留下,警察刚要阻拦,民政局带头的大姐朝他使了一个眼色。他去脱鸭子外套的时候,触碰到鸭子冷冻般僵硬的躯体。

他们没有像大猫想的那样坐牢或者被驱逐,而是带到公安局做了场笔录就被送了回来,当天夜里,有几个乞丐被抓,里面没有麻李。

民政局、警察局和马田一干人商量剩余人员的处理问题。民政局希望警察局和站上的人将他们尽快送回原籍,带头的女人说:"他们这个年龄,应该在学校,这种情况就需要你们配合,仅仅靠我们民政是不行的,因为里面除了二狗,其他人都超过了十八岁,民政局并没有对他们实施强制管制的权力。"

警察局的人表示需要先根据他们每个人交代的家庭住址,联系一下他们的家人,有可能还会麻烦当地派出所核实清楚信息,这可能需要点时间。

大家都同意,只是在核实信息的时间内,民政局希望先把他们安排在救助站,"他们现在这个环境,没生活保障不说,主要是怕再惹出什么乱子。"

马田则说:"你们不了解他们,这件事也没这么复杂,等公安局的同志核实信息后,我来负责送他们回去的事情。这段时间就让他们待在车站上,反正也没几天时间,我多长只眼睛就行,突然安置到别的地方,我担心他们会有逆反,别看这些孩子,难对付着呢,我看着他们,不会出事的。"

"那就按你说的办,我们回头拿点需要的东西过来。"

这些事情大猫他们不知道,从警察局回来之后,马田和巴山也仅仅是对他们说:"先回去吧。"他们趁着夜色来到昨天挖好的"坟"前,将鸭子的外套扔了进去,二狗突然拦住大猫,不行,不能在这。

"你有毛病？不是你说鸭子喜欢水塔？"大猫疑问。

"可这不是水塔啊。"

"不是水塔是啥？"大猫一巴掌扇过二狗头顶。

"俺意思是鸭子喜欢水塔上面。"二狗用手朝头上指了指。

"他妈之前不说。"

"之前是人，现在是衣服，衣服好办，人多沉啊。"二狗说。

"你咋这么贼呢，也不知道你到底是不是真为鸭子好。"大猫把衣服拿出来，带着所有人上了水塔。

"咋埋啊，也没埋的地方。"大猫环视一周。

"给俺。"二狗把衣服从大猫手里拿过去，跑着爬上梯子，把衣服朝上面的洞里扔进去，然后拍拍手，对着大家说："行了。"

"就这么简单？"大猫问。

"你们不知道鸭子为啥喜欢水塔上面，俺知道，他喜欢在上面看飞机，这离飞机可近了，看得贼清楚。他躺在里面，头都不用抬。"

其他人似乎明白了，二狗随即又脱下裤子，对着星空撒尿,边尿边喊:"鸭子,哥给你把飞机尿下来。"

其他人望向天空,他们分得清静止的星星和移动的飞机。天空中没有飞机。即便如此,他们还是都脱下裤子,学着二狗朝天空撒尿。

他们从水塔下来之后,找了块木板在之前的坑上用土立起来。大猫拍拍手上的土:"这就是碑了。"

二狗的目光随着墓碑朝水塔上移动:"咦,这坟真高。"

雪一直断断续续地下。

给鸭子"送行"回来之后,大猫几乎是一夜没睡,此刻裹着被子站在门口看雪。有火车过来的时候,他就把被子举起来,来回摇晃着对着火车大喊,直到火车走远,他喊得气喘如牛,没人去管他。快要天黑的时候,他们起了床,大猫裹着被子站在门口让大家振奋一些:"做完后面的事情,日子照过。"

大家情绪不高,没有说话的欲望。裙子再也不会回来了,羚羊不知所踪,鸭子死了,他们不愿意接受,也不具备接受的能力,即便他们知道这是事实。大猫鼓动剩下的人一起去钓鱼,没有人愿意,也没人说不愿意,大猫就成了唯一拿主意的人,大家跟着他,说不清楚为什么跟着他。看他说话的口气,真像什么事情都没有发生。

走到鱼塘边的时候,天色已经完全黑了下来,他们不再像往常一样小心,这么冷的天,看护鱼塘的老曹才懒得出门呢。即便如此,他们还是不敢点火,四个人搓着手坐在鱼塘旁边等待鱼塘上钩,二狗时不时朝鱼塘里扔几块石头,希望鱼赶紧上钩。估摸着很晚了,他们总共才钓上来两条鱼,大家都冻得受不了了,二狗说:"够了,俺不愿在这里挨冻了。"

"再钓一条,我们就回去。"大猫也冻得不行了。

其他三个人早就坐不住了,一直朝鱼塘里扔石头,直到第三条鱼上钩,大猫冻得已经快要站不起来了。

路过货场的时候,大猫对二狗说:"二狗,你进去看看能不能捡些煤回来。"

"我和他一块去吧。"阿飞说。

"不用,二狗机灵,不会出事。"大猫说。

二狗得意:"他们看见俺也抓不住俺。"

"别让他们看见你。"大猫嘱咐道。

很快,二狗就背着半个袋子回到屋里。放下袋子,二狗不停大口喘气:"累死了,俺早就说应该去货场弄点煤回来,到处都是拉煤的车,弄煤比弄木头容易,随便找个棍子或者石头,往车厢上敲几下,煤就不停往下落。"

大猫端着锅出去,回来的时候,锅里满是雪,他们把鱼简单收拾了一下,放在锅里。

"咋不烤?"二狗点着了火。

"没心情。"

鱼在锅里咕嘟冒气的时候,大猫对其他几个人说:"咱们吃两条,给鸭子留一条。"

二狗一听就站了起来:"差点被冻死才钓了三条,还得给他留一条,人都没了,咋吃?"

二狗还想继续往下说,被阿飞一把拽住:"两条够了,大不了我们吃那两条大的,把那条小的留给鸭子,你说呢?"阿飞看看大猫。

大猫点点头:"咱们吃大的,给鸭子那条小的。"

鱼比鸡熟得快,他们把锅拿到一边,好让火冒出来,很快,两条鱼就被吃光了。

"好吃吗?"阿飞问二狗。

"还行,凑合吃。"他舔舔手指头,"要不咱给鸭子留半条吧,有个意思就行了。"

"半条就半条吧,大不了我们过几天再去钓。" 阿飞含糊不清地说着,一根刺卡在他的喉咙里,他正拿手抠。

"也行。"大猫说着就拿筷子分出来半条鱼。

阿飞和阿南没有继续吃,大猫把鱼分开后就把筷子放在一边,二狗看了看其他人,也没敢动筷子。

"吃吧,吃完我们把剩下的给鸭子送去。"阿飞对二狗说。

二狗边吃边说:"其实咱给鸭子留个鱼头就够了,这里边就他一个人爱吃鱼头。"

"不行,再吃下去啥都剩不下了。"大猫赶紧把锅端到身体后面。

"其实二狗说的也没错,只要心意到了,鸭子也不会介意的。"阿飞劝说着。

"就是,俺都好几天没吃饱了。"二狗说。

大猫看了看阿南,阿南也点点头:"就让他吃吧。"

大猫把锅端回前面,又用筷子把剩下的半条鱼和鱼头分开,二狗的筷子停在半空又收了回来:"算了,还是留给鸭子吧。"

阿飞、阿南、大猫和二狗端着锅来到墓碑旁,大猫把锅放在那堆被他们拔起的杂草上,就在雪地上坐下来。

"我们就这样坐着?说点什么。"阿飞对大猫说。

"我不会,也不知道说啥。"大猫轻描淡写。

"要不咱们一人给鸭子磕一个头吧。"二狗提议。

"别瞎说了,鸭子比我们任何人都小,我们顶多是鞠躬,磕头是给长辈的。"阿南解释道。

二狗不甘心:"那咱们就一人给鸭子鞠一个躬。"

"这个提议不错,我们起来给鸭子鞠躬吧。"

四个人站起来,先是大猫,然后是二狗,接着再是阿飞、阿南。鞠完躬,大猫又站到鸭子坟前,仰头对着水塔喊:"我们给你报仇。"

他看到飞机在远处移动。

回去之前,二狗把锅里的鱼吃了。

"羚羊咋还没回来?"回去的路上,二狗说。

"八成是跑了。"阿南说。

"肯定跑了,被抓住的可能性不大,他比二狗还灵。"大猫说。

"别管他了,先回去。"阿飞说。

决战

回到屋子,他们裹在被窝里,每个人都露出眼睛和鼻子呼吸,大猫把嘴露出来:"咱得给鸭子报仇。"说完,嘴又埋进被子。

"咋报啊?"二狗用被子捂着嘴。

"啥咋报?打架。"大猫这次也没把嘴露到外面。

"瞎费劲,怎么可能。"阿南眼睛一白。

"咋不可能?咋不可能?"大猫的头往前伸。

"咋可能?明显打不过。"阿飞觉得没戏。

大猫把被子从身上掀下去,伸手指着旁边的人:"你们几个,啥意思?"

"意思就是打不过。"阿南不客气。

"打不过也要打,只要打了,就代表给鸭子报过仇了。"大猫说。

阿飞凑过去:"万一我们里边再有人被他们打死了呢?"

"死有啥可怕的。"二狗反而来劲了。

"就是,没啥好怕的。"大猫说,"大不了一死。"

"鸡蛋碰石头,傻子,要打也不能蛮上,得智取。"阿飞说。

"咋智取?"大猫问。

"俺明白,咱们弄点武器带上。"二狗说。

阿飞无言以对。

"你们到底敢不敢打啊?"二狗急了。

"打就打。"阿南站起来。

"再想着打架,你们几个都得回家。"他们看见马田抱着一堆东西进来,"二狗,外面还有俩袋子拿进来。"

他们看到马田抱着的是衣服,袋子里装的是一些吃的东西。

"起来试试大小。"马田对着床上其他人说,然后对着正拆袋子里食物的二狗说,"还有你,先试试衣服。"

"暖和,和被子一样暖和。"二狗把羽绒服穿在身上,转身又去拆袋子里的吃的。

"谢谢。"阿飞倒是客气。

"羚羊还没找到？"马田没回答。

大家都摇头。

"有消息第一时间告诉我。"

马田一走，他们继续商量报仇的事情。大猫的办法简单直接。第二天，他们一人找了一根趁手的棍子和一块砖头，藏在一个乞丐们经常活动的地盘附近，二狗出去观察。快过年了，街上到处都是人。不一会儿，他回来："在呢，还是那俩人。"

大猫、二狗、阿飞、阿南从藏身的巷子里窜出来，走了一段距离，就看到前方蹲着两个乞丐，俩人看上去年龄都不大。大猫紧走几步，对着身边的人说："快。"然后小跑起来。

阿南马上超过了最前面的大猫，一脚踹在其中一个乞丐肩膀上，乞丐马上趴到了地上，另一个乞丐则被大猫的棍子打翻在地，二狗过去就骑在了他身上："动一下打死你。"

被二狗压在身下的乞丐嘴里不断地喊疼，看了看另一个乞丐，另一个乞丐趴在地上，不敢站起来。

"麻李是你们老大吧？"大猫又举起棍子打到二狗身下的乞丐腿上，乞丐马上发出了杀猪一样的嚎叫。大猫不顾围观的人，又走到另一个乞丐旁边："你，起来。"

乞丐吓得不敢动。

"听见没有？"大猫将棍子在地上敲得作响。

乞丐慢慢爬起来："我不认识你们。"

"不管你认不认识。"说着，大猫举起棍子指了指被二狗压在身下的乞丐，"到底认不认识麻李。"

乞丐点点头："认识。"

"回去告诉他，到铁路上来要人。"

乞丐走后，大猫让另一个乞丐站起来，他扶着被打的那条腿，忍着疼站起来。阿南在围观的人群中开出一条路，大猫和二狗架着他的胳膊走出了人群。

回到屋子，大猫让乞丐跪在地上，他和其他人则坐在床上等麻李上门。

"他们来的话，我们万一打不过怎么办？"阿南有点不放心。

"没事，他有人在咱手上，他们敢动手，我就一棍子。"说着,抡起手上的棍子。

"我估计他都不会来。"阿飞说。

"为啥?"

"警察现在应该也在找他,估计他要么跑了,要么早就在警察局了。"

"我出去看看情况。"阿飞出去转了好一会儿才回来:"没动静。"

快傍晚的时候,一块砖头从窗户中飞进来,砸在地上。正好落在二狗脚下。

"俺娘勒。"二狗第一个跑出去,朝大猫喊:"来了。"

阿飞和阿南拿了棍子也跟了出去,看见一个人正往回跑,不用说,就是他砸的窗户。大猫不慌不忙把乞丐拎起来,让他走出屋子。隔着三条铁轨,看见屋外站了几个人,大猫抡起棍子朝乞丐另一条腿上狠狠打去,乞丐叫了一身跪在了地上。

"狗日的。"大猫喊了一声,他们数了数麻李一方一共五个人,瘸子四兄弟和另外一个他们没见过的人。应该是六个,四兄弟背后还藏了一个。但不见麻李,只见长毛把背后的人拽了出来,所有人都看清楚了,被拽出来的人就是羚羊。

"羚羊。"四个人几乎同时喊道。

"羚羊,你个叛徒。"二狗喊了起来,他跑到乞丐背后踹了一脚,乞丐就趴到了地上。

"早看你不是东西。"大猫嘴里骂了一句,从地上捡起一把石子,朝羚羊扔了过去。

对面几个人顺势躲开,也分别捡起铁轨旁的石子朝大猫他们扔过来。

大猫他们也不甘示弱,纷纷拿起地上的石子反击,很快,就成了一场石头战。

但这场战争没持续几分钟,就看见几个人从对面走过来。

"过来了。"二狗喊。

大猫不理会,继续砸。

阿飞见势对着其他人说:"等我回来。"就朝旁边飞快地跑。

大猫停下来,看了一眼阿飞跑的背影:"驴日的龟孙。"就拿起了棍子,对方刚一走近,他就拿着棍子挥舞起来。

二狗和阿南也学着他的样子挥舞棍子,对方人无法上前。长毛歪着头伸着手尝试夺过棍子,大猫的棍子一下打在他手上,他马上缩回用一只手捂住弯下腰,不过又马上直起身,嘴里骂着脏话,不顾一切地冲向大猫。

大猫有几下打中了他,他毫不顾忌,用身体挡住大猫的棍子,一脚把大猫踹得后退几步,一个没站稳就倒在地上。二狗和阿南把棍子的方向指向了他,其他的人就趁这个机会冲了上来,一人一脚把他们通通踢倒在地。几个人夺过他们手里的棍子朝他们挥去,手中没有棍子的用脚踹,所有人中,只有羚羊和瘌子没有动手。

大猫三个人被打得毫无还手之力,他们终于停住了拳脚。瘌子在旁边说:"老账新账一起算。"说完踢了大猫一脚。

大猫感觉一阵天旋地转,眼睛几乎看不清东西,瘌子接着说:"今天起,这片地方全是我的,你们滚。"

大猫已经失去了对话能力,就在这时,一个声音从远处传来:"你们几个,干嘛呢?"所有人循声看去,马田正快步朝这里走。

几个人二话不说就开始跑,马田见状也朝他们跑的方向跑起来。跑在最前面的羚羊一眼看见守在草垛洞旁的阿飞,马上转向,阿飞立马跑起来追,一边追一边喊:"跑你妈的。"

阿飞一直追到桥洞旁边，羚羊从台阶上往下跑的时候，一个趔趄，从台阶上滚下去。阿飞赶紧上前死死抓住他，他已毫无反手之力，一会儿的工夫，马田赶过来掏出手铐拷住羚羊："抓的就是你。"

四兄弟此前的要钱之路并不顺利，他们闹遍了整个车站，就是找不到站长。在和麻李喝大酒商量办法的时候，羚羊找到了他们，并表示要加入，问询之下，羚羊便告诉他们鸭子奄奄一息怕大猫把责任归咎于他。四兄弟拍着羚羊的肩膀说："怕个球，正好有账给他们算，跟我们一起，给你撑腰。"而麻李听到这个消息，也担心下手重了，鸭子万一有个三长两短，保险起见，三十六计走为上计，待酒局一散，麻李收拾了东西，连夜离开了骇州。

回去报信的乞丐压根就没找到人，两伙人短兵相接，无非是凑巧罢了。

大猫几个人躺在床上浑身疼痛，阿飞分别仔细看了看几个人的伤："没事，都没事。"

真正有事没事，阿飞并不清楚，他仅仅是在心里希望这几个人没事。也许整个冬天他们都要躺在床上了，也说不定明天就好了，毕竟是乞丐嘛，打架算不上什么，他们的身体都结实着呢，阿飞从没见过他们生病，想到这里，就放松了很多。屋子里和屋外一样冷，寒气直接进入喉咙，让他感到又干又痒，他强忍着，偶尔发出阵阵咳嗽。

他把所有的被子都分盖在他们身上，另一间屋子拿过一些树枝放在"炉子"里点燃，火旺起来后，他又拿了几根木头放在里面，再等火旺一点，他把煤炭放进去，炉子烧起来之后，他拿着锅走出屋子，用雪擦拭，然后再装满雪，放在炉子上烧。

床上的三个人出奇地安静，他的心情又沉重起来。

第二天一早,老贾又准时出现在了屋子,他取下帽子拍掉上面的雪:"这个年真要被你们睡过去了。"阿飞心里不踏实,听到声音就从床上坐起来,老贾还没完没了:"起床,贴对联。"他把手里提着的塑料袋向空中举起来。

这一声倒是管用,阿飞一颗心终于踏实下来,大猫二狗阿南都从被子里露出头,"啥对联?"大猫声音有些沙哑。

"都起来,把它贴上,快。"

阿飞最先跟他走出屋子,屋外又是素白的一片,雪已经停了,阿飞不禁打了一个喷嚏。

老贾把塑料袋打开,拿出一个白色的瓶子递给阿飞,叫他把这些糨糊涂在门边的墙上。

就在阿飞涂糨糊的时候,二狗和大猫裹着被子走了出来,老贾一惊:"你们打架了?"

阿飞这才注意到,大猫的脸肿了一圈,眼睛肿得都快看不见了。

"没有,没打。"大猫面无表情。

老贾叹了口气:"回屋躺着吧,让二狗贴,还裹着被子干啥?"

大猫没动,二狗进屋把被子扔到床上出来,大猫问:"啥时候过年啊?"

"明天,今天二十九了都。日子都过糊涂了。"

阿飞涂完了糨糊,老贾把对联拿出来,二狗在墙上找位置。

"高一点。"阿飞在旁边指挥。

左边的贴完再是右边,"高了,不对齐。"阿飞和大猫站在中间看。

二狗手放低了一些:"这样呢?"

"再往下一点。"

"这样呢?"二狗的手继续往下。

"低了。"

"这样呢?"

"行了,别动,好。"阿飞说着,二狗的手用力把对联拍在墙上。

这时大猫又在后面说:"好像斜了。"

二狗走到大猫旁边,看了看,"你咋不早说,算了,斜一点就斜一点吧。"然后拿起横批说,"太高了,我够不着。"

阿飞找了几块砖垫着把横批贴好,大猫看了半天,点点头,用沙哑的声音说:"行。"

回屋继续睡到下午,二狗喊饿,见没人理他,一个人出了屋子。

阿飞则把炉火点起来烧水,三个人就围着炉子烤火。

"大猫,和我们说说你和二狗的事吧。"阿飞突然说。

大猫睁着眼睛看着阿南和阿飞,说:"你先说你俩的。"

"这还不简单。"阿南说,"我俩之前不是乞丐。"

"这个我知道。"大猫说。

"不过也没什么区别。"阿南接着说,"我俩偷东西被警察抓,才跑到这里的。"

"偷啥东西?"大猫问。

"硬盘。"阿飞说。

"硬盘是啥?"大猫又问。

"硬盘就是……反正就是挺贵的东西,偷出去卖能卖不少钱。"阿南解释。

"噢。"大猫侧着身点了点头,"那个是干啥用的?"

"说了你也不知道。"阿南想了想,说,"电脑,计算机知道吗?"

"这个知道。"大猫说。

"就是电脑里的东西,一块有巴掌这么大,这么厚。"阿南拿手比划着。

"能卖多少钱?"大猫问。

"这个也不一定,有时候低一点,有时候高一点,几百块钱吧。"阿南说。

大猫眨了眨眼,没说话。

"别光问我们啊,你和二狗是不是亲兄弟?"阿南问。

"是。"大猫顿了一下又说,"也不是。"

"到底是还是不是?"

"我是我爹生的,二狗是他娘生的,我爹和他娘后来在一起,我俩就在一起了。"大猫说。

"异父异母。"阿飞对阿南说。然后又问大猫:"你爸你妈是做什么的?"

"哪个娘?"大猫问。

"亲娘。"阿南说。

"不知道。"大猫说。

"你亲妈是干嘛的你都不知道。"阿南阴阳怪气。

"没见过。"大猫说。

"你爸呢?你爸是做什么的?"阿飞问。

"啥也不干。"大猫说。

"行了,别问了,问啥都不知道。"阿南对阿飞说。

阿飞没理他,接着问:"二狗他妈是做什么的?"

"婊子。"大猫轻描淡写。

阿南眼睛一亮:"你爸和她怎么认识的?"

"不知道。"大猫说。

"行,我不问了,反正我问的你都不知道。"阿南拿起一块煤放进炉子。

"你俩怎么就成了乞丐了?"阿飞说。

"稀里糊涂的。"大猫说。

"然后呢?"阿南还是不甘心。

"没了。"大猫说。

"你俩就没想着回家?"阿飞说。

"没想过,也回不去。"大猫说。

"为什么回不去?"

大猫想了想说:"反正就是回不去。"

过年

二狗背着半袋子白菜回来了:"货场里啥都没了。"他把白菜从袋子里取出来,往锅里加了一些雪,把白菜叶用手撕成小块扔进锅里。

"啥都没了?"过了很长时间,大猫才问。

"没了,都没几辆车了。"锅里已经满是白菜。

"先吃吧。"阿飞说。

"明天不是过年吗?"大猫说。

"无所谓。"

一列火车经过,屋子发出隆隆的响声。

几个人吃完重回床上躺下,马上睡着了。阿飞和阿南起来之后已到傍晚,发现大猫二狗都不见了,阿飞看了看炉子，火已经熄灭。

阿飞和阿南刚把火点着，就听见二狗的声音从外面传来："俺们回来了。"

他们看见二狗手里提着一只活鸡，鸡的腿上绑着绳子，绳子另一端拴在二狗的手腕上。此时，大猫也进了屋子。

"这东西哪弄来的？"阿飞和阿南几乎异口同声。

"为了弄它，费劲了，走了老远。"二狗说着把鸡凑到阿飞阿南面前："咋样？大吧，公鸡，肉可多了。"

大猫从怀里掏出一个袋子，打开，是一袋枣，阿南问他哪来的，他没回答，给每人分了几颗，自己吃了几颗，然后把袋子放回床上，笑着对阿飞阿南说："省着点，慢慢吃。"

二狗伸手去解手上的绳子，把鸡拴在床板下的砖头上，说："跑的太急了，本来还有俩鸡蛋，碎了。"

"明天把它吃了，过个年。"大猫把被子裹在自己身上。

"你俩弄了只鸡，我和阿飞弄条鱼回来。"阿南站起来。

阿飞和阿南趁黑去钓鱼，许久才得手。他们把钓来的鱼埋到外面的雪里。一进屋，发现马田在炉子旁坐着。

"你俩家是哪的？"马田问。

阿飞和阿南愣了一下。"安徽。"阿南说。

"安徽什么地方？"

"下业。"

"想不想回去？"

阿飞和阿南不明白马田在说什么。

"已经联系了你们家人，明天送你们走。"

阿飞和阿南面面相觑。

"这是为你们好，他俩不太明白，你俩应该明白。"

阿飞点点头。

"联系你们几个人的家长可是不容易，明天我送你们上车，车上有乘警照顾你们，下车有人接。"马田看了看他们，直到阿飞和阿南都点头。继续说："还有，让裙子怀孕的不是羚羊，是麻李。"

"啊？"阿飞和阿南大吃一惊，他们看看大猫和二狗，他们已经知道了。

"抓他。"阿飞赶忙说。

"人跑了。"

"那羚羊就没事了?"

"没事了,刚有一辆开到沈阳的车,送走了。"马田淡淡地说。

"回沈阳了?"

"就剩你们了,明天有趟去驻马店的车,把他俩送走,然后把你俩送走。"

阿飞和阿南目瞪口呆。

"来告诉你们一声,这是大家给的,带在路上。"马田拍了拍身边大大小小几个袋子,起身出了屋子。

马田一走,大猫就裹着被子躺在床上,二狗往炉子里加了些煤,从袋子里拿出两颗白菜往锅里撕。

阿飞靠近大猫,发现大猫正侧躺着直勾勾看着他,几乎吓了他一跳。"你答应马田明天走了?"

大猫眼睛都不眨,不说话。

"明天什么时候走?"他转过身问二狗。

"中午,好像下午。忘了。"

没有人再说话。

锅开了之后,二狗叫大猫起床:"起来吧,煮白菜,还能喝汤。"

大猫蜷缩了下身体,没有说话。

"算了,他不吃,我们吃。"

炉子里的火即将熄灭，或者已经熄灭，只是靠近它，还会有一些温热。但来不及感受，寒冷正侵袭这座屋子。

阿飞和阿南坐在床上，一言不发，打量这座屋子的四周，或者仅仅是个打量的动作。病床、门改成的床板、纸盒糊成的窗户、砖头砌的"炉子"、幼儿园里偷来的被子……这些曾经鲜艳无比，令他们燃起生活希望的一切，都在寒冷中显得疲惫、衰败、老态。或许它们本来就是如此，只是在阿飞、阿南、大猫以及其他人的眼中，它们带来的意义要比它们的实质重要的多。

可现在，这一切都没有了意义。

阿飞和阿南在床上坐到后半夜，腰坐到酸疼才躺下来。大猫躺下后就一句话不说，二狗吃完饭就躺到了床上，阿飞和阿南不知道他们是否真的睡着了，反正他和阿南一夜没睡,天蒙蒙亮的时候,他俩才进入梦乡。

直到阿南把阿飞拍醒:"大猫二狗不见了。"

他们扫荡着这间屋子,大猫和二狗床上的被子都不见了,马田拿过来的袋子也统统不见了。阿飞坐在床上,很久才缓过神:"他们走了。"

寒冷继续侵袭这间屋子。从裙子到鸭子到羚羊,再到大猫二狗,随着他们的离开,整间屋子黯淡无光。

只有那只活鸡,发出些许的动静提醒着他们,这里的一切曾经生机勃勃。

阿飞起身来到二狗床边,拿起剩下的半袋枣,拿出一颗放进嘴里,把袋子放回原处。他觉得没有上次的好吃,它们正失去原有的味道。

他走出屋子,迎面吹来的风和雪打在他脸上,外面空荡荡的,光滑的铁轨还未来得及被雪覆盖,是火车刚刚开过的结果。他回头看去,昨天贴的对联中有一张被风吹起来,另一半粘在墙上,在风中轻声作响。

阿南走出来,两个人站在雪中,直到他们的身上、头发、眉毛、脸上落满了雪,阿飞拍拍头上和脸上的雪,对阿南说:"做饭吧。"

阿南把火烧旺,阿飞把雪里埋的鱼拿出来,放在火上煮。

他们把鸡留在了屋子里。

然后,他们端着锅来到埋葬鸭子外套的地方,天气很快让煮好的东西凉了下来,他们不在乎,静静把锅里的东西吃完。

火车启动了,阿飞和阿南看到窗外的马田,很快,他们看到那座房子,红色的对联分外鲜艳,缓缓从他们的视线中滑过,这是他们第二次认真凝视这间屋子,第一次,是他们刚来的时候。

嘈杂的车厢慢慢安静下来,这是一趟过路车,准确地说,这座车站上所有的车,都是过路车。车上的乘客寥寥无几,他们在乘警安排的座位坐下来,看着自己身上的衣服,俩人对视了一下,尴尬地笑了起来。

随即,他们又把目光投向窗外,当货运站、鱼塘都从他们眼中消失的时候,他们的目光仍然那样贪婪,恨不得把所有的东西看得仔细。

他们的脸都要贴到车窗上了,每隔几秒钟,他们就要拿手擦掉玻璃上的雾气。

路边的树正连成一条线,白雪覆盖的大地充满整个画面。他们突然看到一个点,两个点,两个人影,两个人,正对着飞驰而过的火车大喊,几乎是瞬间闪过他们的眼睛。同样是在瞬间,阿飞和阿南相互对视并异口同声说出那个熟悉的名字:

大猫。

2015 年一稿

2017 年 12 月成稿

2019 年春节修订

后记：釜底游鱼

这部小说写了一个夏天，最后一次修改在冬天，小说正好也结束在冬天；那一年冬天，唯一一次没有回家过年，小说的结尾，主人公大猫二狗这对异父异母的乞丐兄弟在大年三十被遣返回家……

十几年前，有过一段身无分文的日子，和朋友走在城中村黯然的巷子里，见了野狗都能生出恶意。竟真的找来绳子，问朋友："杀过狗没？"这件事被我猛然想起，随手丢进故事里……

故事中不少诸如此类的巧合，怕又没那么巧合。谈宿论命免不了托大之嫌，顶多算是下意识的经验索取。写字的人，往往有调朱傅粉的本领，真假之间徘徊得久了，容易着了偏执的道，但谁的人生不是从这些偶然中暗生注解？

本想将过去闲神野鬼般的日子写成故事，写着写着生活也配合着一幕幕剪辑：故事写到分离，生活就上演一场各奔东西；写到背义，就有一些金子破碎一地。

放眼望去，都是荆榛。

直到这里，才能体会到熏莸相间，终归雨散的至理。似乎釜底游鱼一般，越接近锅底，越清楚自己的结局。

故事中的七个孩子，远不到知晓这些的年纪，他们替你我受过。但是人生啊，像云气骤然聚集，又迅速散开，随即一团空寂。

这个故事像在不断窥探我自己，众生是否一样，我尚不能全部知悉。我只是笃定，当每一个人在生活里杂耍，让那些引以为傲的东西堆满叫家的营地，再失去。

2019年6月19日

图书在版编目（CIP）数据

行乞家族/锤子著.-上海：上海文艺出版社.2019.8
ISBN 978-7-5321-7138-5
Ⅰ.①行… Ⅱ.①锤… Ⅲ.①长篇小说－中国－当代
Ⅳ.①I247.5
中国版本图书馆CIP数据核字(2019)第144350号

发 行 人：陈　徵
责任编辑：林潍克
美术编辑：钱　祯
封面插画：BUTU

书　　名：行乞家族
作　　者：锤　子
出　　版：上海世纪出版集团　上海文艺出版社
地　　址：上海绍兴路7号　200020
发　　行：上海文艺出版社发行中心发行
　　　　　上海市绍兴路50号　200020　www.ewen.co
印　　刷：上海天地海设计印刷有限公司
开　　本：889×1168　1/32
印　　张：11.125
插　　页：2
字　　数：187,000
印　　次：2019年8月第1版　2019年8月第1次印刷
Ｉ Ｓ Ｂ Ｎ：978-7-5321-7138-5/I·5708
定　　价：39.00元
告 读 者：如发现本书有质量问题请与印刷厂质量科联系　T:13817973165